KB078236

레저렉션 2

10000LAB 현대 판타지 소설

초판 1쇄 찍은 날 § 2019년 9월 24일
초판 1쇄 펴낸 날 § 2019년 10월 1일

지은이 § 10000LAB
펴낸이 § 서경석

총괄팀장 § 노종아
편집책임 § 박현성
편집 § 김경민
디자인 § 소소연

펴낸곳 § 도서출판 청어람
등록번호 § 제387-1999-000006호
등록일자 § 1999. 5. 31
어람번호 § 제1-3048호

주소 § 경기도 부천시 부일로 483번길 40 서경B/D 3F (우) 14640
전화 § 032-656-4452 팩스 § 032-656-4453
http://www.chungeoram.com
E-mail § chungeorambook@daum.net

ⓒ 10000LAB, 2019

ISBN 979-11-04-92059-2 04810
ISBN 979-11-04-92057-8 (세트)

레져렉션 2

Resurrection

10000LAB 현대 판타지 소설

MODERN FANTASTIC STORY

레져렉션
Resurrection

Contents

제1장   천재II ··· 7

제2장   역사적인 국시 ··· 25

제3장   미완의 논문 ··· 87

제4장   도수의 묘수 ··· 117

제5장   제안 ··· 161

제6장   태풍이 들이닥치다 ··· 191

제7장   실력을 드러내다 ··· 209

제8장   상황은 끝나지 않는다 ··· 225

제9장   폭풍이 지나간 자리 ··· 241

제10장   상황 전환 ··· 257

제11장   맞불 ··· 273

제12장   초읽기 ··· 289

제13장   전조(前兆) ··· 305

제1장

천재 II

　대한의사협회는 '이도수 특별법'을 제정할 것을 정부에 요구했다.

　라크리마에서 확보한 매디 보웬의 자료, 그리고 미국의사협회의 동향이 근거로 제출됐다.

　그 결과 도수의 수술 성공률이나 실력은 객관적인 근거에서 인정되는 부분이나 의사로서 지녀야 할 사명이나 지식, 체제에 대한 이해가 부족한바. '예외적으로 국시를 350점 이상으로 통과할 경우 의사 자격을 부여한다'는 결론이 나왔다.

　물론 정부의 이러한 결정에는 지지와 반발이 뒤따랐다. 몇

몇 전문의들을 필두로 레지던트, 인턴들이 들고일어난 것이다. 하지만 법안을 지지하는 상대는 국내 의학계를 이끌어가는 천하대병원 과장급 인사들과 여론.

특별법이 제정됐고, 곧 그 내용이 전파를 타고 전 세계에 퍼져 나갔다.

＊　　　　　＊　　　　　＊

"씨알도 안 먹히는구먼?"

아로대학병원 휴게실.

인턴 동기 다섯 명이 모이자 그중 한 명이 TV를 보다 뱉은 말이다.

그들 다섯 명 모두 '이도수 특별법'을 반대하는 입장이었다.

"그렇게 치면 어렸을 때부터 수술 영상이나 보고 수술 연습이나 하지, 미쳤다고 10년씩 공부해서 의대를 가? 누가 코피 터지게 공부해서 의대를 졸업하겠느냐고."

"아무리 특별 케이스라고 해도 좀 너무하긴 한다. 편입도 아니고 국시라니."

"헌재야 여론 눈치 보는 거지, 뭐. 그러다 완전 영웅 된 애를 미국한테 빼앗기면 보수적인 한국이다, 답답해 죽겠다 난리가 날 테니까."

"천하대학병원 과장들이 한뜻으로 손을 썼으니 학계 눈치도 볼 거야. 천하대병원에선 걜 홍보용으로 써야 되니까. 어차피 윗대가리들은 다 한통속이잖아."

"에이, 씨발. 더러운 세상."

"김광석 교수님도 심란하시겠다. 안 그래도 바쁘신데 언론에 시달리시느라……."

"뭐, 그래도 그 덕에 외상센터장 되셨잖아. 허울 좋은 감투긴 하지만 이도수 덕분에 스타 되신 건 사실이지."

'이도수'에서 '김광석'까지 말이 돌 무렵, 머리를 뒤로 묶은 포니테일의 미녀 의사 한 명이 빈자리에 턱 앉으며 입을 열었다.

"우리 인턴 선생들, 뒷얘기하느라 정신없네. 한가한가 봐?"

인턴들의 얼굴이 파랗게 질렸다.

레지던트 1년 차 강미소 선생이다.

인턴들 사이에서 별명은 '살인 미소'. 환자를 죽여서는 아니고, 웃으면서 인턴들을 죽기 직전까지 굴린다 해서 붙여진 별명이다.

"…죄송합니다."

"아니야."

활짝 웃는 강미소. 그녀가 새로운 인턴들을 죽어라 굴리는데에는 이유가 있었다.

"나도 교수 딸이라고 뒷담 까던 애들이 누군들 안 깔까. 남 까는 건 좋은데 실력 좀 쌓고 까자. 천태백 선생. AGE(Acute Gastroenteritis: 장염) 환자 진단은 어떻게 하지?"

"루틴 랩 내고 심플 업도맨(Simple Abdomen: 단순 복부 촬영) 찍고……."

"수액은 뭘로?"

"……."

강미소의 눈길이 옮겨갔다.

"한지혜 선생?"

"오, 오 프로 디더블유(5% DW) 줍니다."

"그런데 환자가 복통을 호소하면?"

"진정제를……."

"뭐로?"

"……."

한지혜가 동기들 눈치를 봤다. 하지만 누구도 도와줄 수 있는 사람은 없었다. 강미소가 버젓이 두 눈 뜨고 살피고 있었으니까.

"공부 좀 하자. 간단한 장염 환자 오더도 못 내는 게 말이 돼?"

"죄송합니다."

"됐고. 가봐."

고개를 꾸벅 숙인 인턴들이 일어나 자리를 떠났다.

그들의 뒷모습을 지켜보던 강미소는 커피가 든 종이컵을 입으로 가져가며 중얼거렸다.

"이도수라……."

그녀는 협회 소속인 아버지를 통해 도수의 수술 영상을 본 적이 있었다.

레지던트는 꿈도 못 꾸는 실력이다.

아니, 전문의라 해도 그런 큰 수술을 그렇게 정교하고 빠르게 소화할 수 있는 의사는 손에 꼽을 터였다.

그러한 도수가 지금 아로대학병원에 와 있다니.

강미소는 우연이라도 도수의 실력을 직접 한번 보고 싶었다.

*　　　　　*　　　　　*

그 시각, TV를 끈 김광석이 곁에 앉아 있는 도수에게 말했다.

"허허. 정말 네 의도대로 됐구나. 그나저나……."

아로대학병원, 자신의 연구실을 휘휘 둘러본 그가 물었다.

"왜 여기 있는 거냐?"

도수는 '여자들만 있는 집에 남자아이를 들이기 부담스럽다'는 임숙영의 주장이 무의미하게 매일 아침 일찍 집을 나와 아로대학병원으로 출근(?)을 했다. 그리고 저녁 늦게 들어가서 김해리의 공부를 봐주었다.

이렇게 되자 오히려 불편한 건 김광석이었다. 대담하고 종잡을 수 없는 도수의 성격을 잘 아는 그는 도수가 병원 안에 있는 것만으로도 일분일초가 가시방석이었기 때문이다.

그 마음을 아는지 모르는지 도수는 태연하게 대답했다.

"'의사로서 지녀야 할 사명이나 지식, 체제에 대한 이해가 부족하다'고 판결이 났잖아요. 그걸 채워야 국시에 통과할 수 있을 거고요."

"그래서?"

"그걸 채우기엔 병원이 제격이죠."

"모든 건 교과과정이란 게 있다. 네가 선행해야 할 일은 책을 보는 거야."

순간 도수가 씨익 웃었다. 그러고는 관자놀이를 톡톡 두드리며 말한다.

"이미 책 내용은 다 들어 있어요."

"뭐……?"

책을 본 지 불과 며칠밖에 되지 않았다. 이렇게 빨리, 그것도 독학으로 책 내용을 모두 습득할 수 있다면 의대가 왜 필요하고 누가 몇 년씩 의대에 썩어가며 밤낮없이 공부에 매진

할까.

하지만 도수는 그 상식을 전면 부정했다.

"지금은 머릿속에 있는 것들을 단단하게 다지는 작업을 할 차례예요."

"정말 다 머릿속에 넣었다고?"

"네."

"몇 개만 물어보자."

김광석은 그 즉시 도수가 취약한 부분에 관한 질문들을 던졌다.

"AMI(Acute Myocardial Infarction)."

"급성심근경색."

"Pul. Tb(Pulmonary Hypertension)?"

"폐고혈압."

"LC(Liver Cirrhosis)?"

"간경변증."

"UTI(Urinary Tract Infection)."

"요로 감염."

일단 전문용어.

분명 라크리마에선 몰랐던 부분이다.

그러나 도수는 조금의 망설임도 없이 술술 답했다. 각 분야별로 다양한 질문을 던졌음에도.

"암기력 하나는 인정해야겠군."

중얼거린 김광석은 틈을 주지 않고 질문을 이어갔다.

"감염이 없는 혼수상태의 환자에게 해야 할 일반적인 수액 처방은?"

이번에도.

도수는 망설이지 않았다.

"하트만 용액 플러스오퍼센(+5%) 덱스트로스 용액 하루 킬로그램당 십 미리(10㎖)씩 줍니다."

"네가 겪었던 패혈증의 경우 어떤 검사를 하지?"

"혈액검사를 합니다."

"특징은?"

"젖산 수치가 오르고 혈소판 수치가 감소하죠. 혈압이 떨어지고 심박수가 올라가고 체온이 비정상적이고 호흡부전이 생깁니다. 이런 증상이 한꺼번에 다 나타나는 게 가장 큰 특징이에요."

"심해지면?"

"의식을 잃고 중증패혈증으로 악화될 경우 장기들이 망가지기 시작합니다."

"치료는?"

"실시간으로 모니터링해 주면서 필요한 처치들을 바로바로 해주는 게 중요하고 수액 치료로 혈압을 유지해 줍니다. 주로

승압제 약물을 투여합니다. 승압제 약물의 종류에는…….”

“그만.”

그야말로 툭 찌르면 좌좌좍 나온다.

어떤 질문에도 막힘이 없는 것이다.

수술에 관한 부분이 아님에도 안다는 건 책에 있는 내용을 빠삭하게 익혔다는 뜻이다.

하지만 김광석은 머리로 아는 것과 달리, 선뜻 받아들이기 힘들었다.

“어떻게 이렇게 빨리 학습한 거냐?”

“용어들만 외우면 별로 어렵지 않았어요. 용어들 사이에 공통되는 부분도 많았고요.”

“증상과 처방은?”

“제가 말씀드렸잖아요.”

도수가 빙그레 미소를 지었다.

“굳이 배우지 않아도 운동화 끈이 풀리면 묶는 걸 아는 것처럼 수술법을 자연스럽게 터득했다고. 이것도 마찬가지였어요. 약물의 효능들을 공부하고 제 경험들에 비춰 생각해 보니 어떤 환자에게 어떤 처방을 내려야겠다는 게 바로 떠오르더라고요. 확인해 보니 다 일치했고요.”

“…….”

김광석은 할 말을 잃었다.

이게 일반적인 상황인가?

절대 아니다.

그래서 그는 일반적이지 않은 물음을 던질 수밖에 없었다.

"국시는 언제 볼 생각이냐?"

"내일이요."

역시 비상식적인 대답.

누가 들었다면 미쳤다고 할 것이다.

아무리 도수가 수술의 천재라지만 이전까지 국시에 필요한 지식적인 부분들에선 문외한이다시피 했다. 그런데 보름도 안 되는 시간 만에 그 모든 걸 터득했다고?

물론 김광석은 믿었다.

"그래. 그리 전해두마."

대리인 역할을 해줄 사람이 김광석뿐이었다.

누구 하나 의도한 건 아니지만 말하자면 도수의 보호자인 셈이다.

도수도 이 사실을 자연스럽게 받아들였다.

"감사해요."

"은혜는 꼭 갚고."

김광석의 농담을 도수가 받아쳤다.

"백골난망(白骨難忘)입니다."

"얼씨구? 사자성어까지?"

"당연한 건데요 뭐. 한자가 좀 많아야죠."

의학 용어는 한자, 영어, 한국어별로 모두 암기해야 한다.

피식 웃은 김광석이 말했다.

"또 한 번… 학계가 까무러치겠구나."

지금도 도수의 천재성을 신비롭게 여기며 추종하는 사람들이 있는 반면 의심을 갖는 이들도 많았다. 하지만 이번 국시까지 치르고 나면 어느 쪽이든 몇 배로 불어날 터였다

정말 그럴 것이다.

*   *   *

늦은 밤.

도수가 누운 방 안으로 그림자와 붉은 불빛이 들이닥쳤다. 마치 지옥에서 내뻗는 손길처럼 그림자는 손 모양을 그리며 슬금슬금 다가왔다.

하지만 도수는 꼼짝도 할 수 없었다.

쾅! 콰앙!

밖에선 폭음이 이어졌다.

도수는 귀를 막고 눈을 감았다.

제발 이 순간이 지나가길.

폭탄이 지붕 위로 떨어지지 않길 기도하며.

아니, 아니다.

차라리 죽는 게 나을지도 모른다. 고통스럽긴 하겠지만 반군들이 총을 들고 들이닥치는 상황보단 나았다. 만약 그런 비극이 벌어진다면 죽음보다 못한 꼴을 당하게 될 테니까.

"으으……."

끙끙 앓는 도수.

그때 누군가 그의 방문을 두드렸다.

똑똑.

"…으."

신음뿐.

아무 대답이 없자 문을 두드린 이가 살짝 문을 열어 문틈새로 얼굴을 내밀었다.

"오빠……?"

얼굴을 내민 이는 김해리였다.

도수의 상태를 본 그녀는 문을 활짝 열어젖히며 뛰어들어왔다.

"오빠!"

"……."

도수의 상태는 일견 보기에 열이 한 40도쯤 올라서 끙끙 앓는, 그런 상태였다. 이마에는 식은땀이 송골송골 맺혀 있고 손톱이 면을 파고들 정도로 이불을 꽉 잡고 있다. 전신이 쉴 새 없이 떨렸다.

덜덜덜덜.

"오빠……!"

김해리의 손이 살짝 닿는 순간.

타악!

"아……!"

손목을 홱 낚아챈 도수가 그녀를 뒤집었다. 눈 깜짝할 새에 포지션이 바뀌어 누워 있던 도수가 김해리에게 올라탄 형국이 됐다.

"……."

"……."

두 사람의 눈이 마주치자.

김해리의 얼굴이 새빨개졌다.

'무서워.'

도수의 눈빛은 살기를 담고 있었다. 평범한 고등학생 친구들에게선 아무리 화가 나도 볼 수 없는 눈빛.

김해리는 손가락 하나 까딱 못 할 정도로 몸이 굳었다.

두근, 두근, 두근, 두근.

아까부터 심장이 쉴 새 없이 두방망이질 치고 있다. 마치 시간이 정지한 것처럼 길게 느껴지는 찰나.

도수의 입장은 전혀 달랐다. 그는 아직도 밤이면 늘 라크리마 내전 당시의 지옥으로 돌아가서 사투를 치렀다. 그래서 잠이 깨지 않은 상태로 습관이 나왔고, 서서히 깨는 중이었다.

"…미안."

도수가 그녀의 위에서 내려왔다.

"무슨 일이야?"

"아……."

잠시 말을 잃었던 김해리.

그녀는 한참을 멍해 있다가 퍼뜩 용건을 생각해 냈다.

"어, 엄마가 밥 먹으래. 오빠 오늘 자격 시험 보는 날이잖아."

도수는 고개를 끄덕였다.

"그래, 나갈게."

"……."

멍하니 서서 도수를 바라보는 김해리.

도수가 티를 벗는 시늉을 하며 물었다.

"지금 옷 갈아입을까?"

"아, 미안!"

김해리는 황급히 방을 나갔다.

그녀의 뒷모습을 보던 도수는 피식 웃고는 티를 갈아입었다. 머리를 대충 손으로 흩뜨린 후, 방문을 열고 나갔다.

"좋은 아침이에요."

오늘도 김광석은 없었다.

대신 임숙영이 웃으며 인사를 해주었다.

"그래. 오늘 시험 날이지?"

"네."

도수는 식탁 앞에 앉아 수저를 들었다.

그런데 맞은편에 앉은 해리가 좀 이상하다.

평소답지 않게 깨작깨작거리며 도수를 흘깃거리는 것이다.

"왜?"

도수가 묻자 해리가 화들짝 놀랐다.

"아, 아니……."

"많이 놀랐어?"

"그건 아니고오……."

그녀는 한숨을 푹 쉬더니 어머니 임숙영에게 말했다.

"엄마, 저 다 먹었어요오. 옷 갈아입고 학교 갈게요……."

어딘지 김빠진 목소리.

하지만 도수는 캐묻지 않고 밥을 욱여넣었다. 그에게 하루 중 가장 행복한 시간은 배불리 밥 먹는 시간이었으므로.

제2장

역사적인 국시

　도수는 일반적인 국시생들과 같은 과정을 거쳐야 했다. 그러려면 필기에 앞서 넘어야 할 산이 있었다. 바로 도수가 병원에서 대부분의 시간을 보내며 살다시피 한 이유.

　바로 실기다.

　이 실기는 여러 개 방에서 치러진다. 모의 환자들이 있는 방, 그리고 진료 수기가 준비된 방에서 실제 상황인 것처럼 시험을 보는 것이다.

　첫 번째는 OSCE(Objective Structured Clinical: 객관구조화 진료시험)였다. 수험생이 여러 개의 5분 단위 스테이션을 돌면서 각 스테이션에서 요구하는 수기들을 수행하는 시험이다.

기본적인 면접이나 검사 실행 전 절차, 주사 관련 항목 등 공통 체크리스트는 모든 수험생들이 무난하게 통과했다. 하루 이틀 준비한 시험이 아니기에 웬만한 장애물은 그들에게 큰 문제가 되지 않는 것이다.

하지만 그럼에도 불구하고 문제가 되는 항목들이 있었다.

바로 5분으론 시간이 모자랄 수 있는 항목들.

도뇨관 삽입, 채혈, 농양 절개 배농술, 봉합술, 뼈관절 부목 고정, 척추 천자, 심전도검사 정도.

그러나 도수에게는, 이 항목들이야말로 누워서 떡 먹기였다.

봉합술?

뼈관절 부목 고정?

전쟁터에서 말도 못 하게 해봤던 일들이다.

도뇨관 삽입?

쉽게 말해 소변 줄을 다는 일인데, 중환자들에게는 반드시 필요했다.

채혈 정돈 투시력이 있으니 내비게이션을 보면서 운전을 하거나 답안지를 옆에 둔 채 문제를 푸는 수준이고.

그렇게 32항목으로 구성된 OSCE가 끝나자 평가자들이 몇

몇이 모여 앉았다. 그들은 미리 정해진 체크리스트에 따라 객관적인 채점을 마친 상태였다.

"이도수… 보셨습니까?"

"유명 인사를 보니 신기하더라고요. 연예인이라도 본 것처럼."

몇몇이 고개를 주억거렸다.

"실제로도 그렇게 잘생겼던데."

"얼굴이 공개됐으면 더 유명해졌을 텐데요. 외모 지상주의잖아요?"

"지금도 여기저기 섭외 빗발치고 있을 텐데 얼굴까지 공개하면 그야말로 떼돈 벌겠죠? 왜 쉬운 길을 두고 어려운 길을 택하는지……"

"어린 패기 아니겠습니까."

"패기는 무슨."

도수에 대해 떠들던 평가자들은 잠시 말이 없더니, 다른 각도에서 다시 접근했다.

"…패기가 있을 만하던데요."

"후… 인정할 건 인정해야죠. 미국 기자가 터뜨린 그 영상이 진짜였어요. 보고도 너무 비현실적이고 믿기 힘들어서 혹시나 조작은 아닐까, 뭔가 착오가 있었던 건 아닐까 하는 일말의 의심이 남아 있었는데.

"그 정도 실력을 보유한 써전한테 OSCE가 웬 말입니까. 눈에나 차겠어요?"

"이건 그냥 나온 말인데… 왼손으로 봤어도 다른 수험생들은 찍어 누르지 않았을까요?"

몇몇이 고개를 주억거린다.

"충분히 가능성 있습니다."

"봉합 땐 정말이지……."

봉합 스테이지를 담당했던 평가자가 혀를 내둘렀다.

"조금 과장해서 손이 보이지도 않았어요. 5분을 줬는데 시작하자마자 끝! 이런 느낌이었습니다. 솔직히… 저보다도 훨씬 빨라요."

맞은편에 있던 평가자가 쿡쿡댔다.

"당신보다만 빠를까요. 웬만한 써전들은 다 씹어 먹겠던데. 채혈은 진짜 '어?' 하는 사이에 혈관 찾아서 찌르고 피를 뽑더군요. 무슨 동물 피 뽑는 것처럼."

대개 혈관이 좁은 환자를 대상으로 채혈하는 것을 시험한다.

그런데 도수는 단 한 차례의 망설임도 없이, 미처 제대로 파악할 틈도 없이 푹 찔러서 쭉 뽑았다. 그런데 놀랍도록 정확했다. 마치 몸속을 보고 찌르기라도 한 듯이.

완벽한 기술.

심지어 빨랐다.

모든 평가자의 대화를 정리해 보기만 해도 그 두 가지는 명확했다.

그러자 그때까지 턱을 괴고 내내 말이 없던 평가자가 입을 열었다.

"그래서, 점수들은 어떻게 주셨습니까?"

"크흠!"

다들 기침을 뱉으며 대답을 외면했다.

특정 수험생의 점수를 말하는 건 금기 사항이었기 때문이다.

그건 모든 평가자들에게 적용되는 규칙이었지만, 대놓고 물어본 평가자에게는 아니었다. 그는 피식 웃더니 고개를 저었다.

"괜한 걸 물었습니다. 보나 마나……."

말끝을 흐린 그가 나지막이 덧붙였다.

"하지만 실기에서 얼마나 높은 점수를 득점하든 이도수는 의사가 될 수 없어요. 녀석이 라크리마에서 온 지 이제 보름입니다. 수술 실력과 달리 이론은 형편없었다던데, 보름 만에 국시 공부를 끝낼 수 있었겠습니까?"

"하긴……."

모두가 고개를 주억거렸고.

애초부터 도수의 탈락을 예견하고 있는 평가자가 말했다.

"뭐, 일단 완전히 끝날 적에 다시 얘기하시죠."

그 말을 끝으로 자리에서 일어나는 평가자.

그는 결코 알 수 없었다. 이 특별한 시험판에서, 앞으로 무슨 일이 기다리고 있을지.

*   *   *

실기시험 두 번째 순서는 CPX.

CPX는 술기를 시험하는 OSCE와 달리 환자와의 의사소통, 환자를 대하는 예절, 의학적 개념을 환자가 이해할 수 있도록 설명해 줄 수 있는지 등 의료인으로서의 능력을 종합적으로 평가하는 시험이었다.

CPX에선 평가도 환자인 척 연기하는 모의 환자들이 직접 한다.

주어진 시간은 10분.

도수 역시 이 같은 모의 환자 겸 평가자와 마주 앉았다.

"저는 닥터 이도수입니다. 무슨 일로 병원에 오셨죠?"

소개부터 범상치 않다.

구구절절 늘어놓지 않고 간결하다.

환자 역할의 평가자가 대답했다.

"열이 나서요."

"언제부터 열이 나셨죠?"

"3달 전부터……."

고개를 끄덕인 도수가 이어 물었다.

"그 외에 다른 증상은 없었나요?"

"밤중에 오한이 들고 계속 기침을 해요."

이런 식이다. CPX는 실제 진료와 다르게 의사가 질문하지 않는 사항에 대해서 환자가 대답해 주지 않는다.

그런 의미에서 도수는 색다른 긴장감을 느끼고 있었다. 실제 환자면 투시력으로 몸속을 살피면 그만인데, 모의 환자이니 투시력이 무의미한 셈이다. 순수하게 공부한 것들로 시험을 치러야 하는 상황.

'결핵?'

도수는 하나하나 체크해 보기로 했다.

"몸무게는요?"

"아! 근래 팔 킬로 정도 줄었어요."

"기침할 때 혹시 피가 섞여 나왔나요?"

"아뇨. 피가 섞여 나온 적은 없어요."

결핵이 아니다?

도수가 다시 물었다.

"그 외 증상은요?"

"음… 피부에 발진이 생겼다 없어졌다 해요."

그렇게 대답한 평가자는 내심 미소 짓고 있었다.

'제법이긴 하다만 과연 맞힐 수 있을까.'

제한 시간이 걸려 있음에도 섣부르게 병명을 진단하지 않고 침착하게 문진을 이어가는 건 좋은 자세다. 하지만 그가 설명하고 있는 증상. 이는 대부분의 수험생들을 혼란에 빠뜨리는 고난도 테스트였다.

아니나 다를까 도수가 중얼거렸다.

"발진……."

다시 원점.

정확한 진단명을 알 수 없게 됐다.

그러나 도수는 더 침착하게 머리를 굴렸다. 진단을 위해 필요한 질문을 생각해 내고 정리해서 입 밖으로 내는 데 1초도 걸리지 않았다.

"혹시 예전에 진단받거나 치료받은 질환이 있으세요?"

"몇 달 전에 입안에 하얀 반점 같은 게 생겨서 동네 병원에서 약을 먹었더니 괜찮아졌어요. 무슨 약인지는 모르겠는데 감염이란 말을 들었어요."

힌트는 모두 던져졌다.

이제 평가자가 할 일은 기다리는 것뿐.

하지만 큰 기대는 하지 않았다.

이 정도 정보만으로 그가 의도하는 정답을 말하는 수험생은 손에 꼽았으니까.

가만히 생각에 잠겨 있던 도수의 눈이 반짝였다.

'입안의 반점?'

칸디다 감염을 의미한다.

면역 기능이 저하된 환자에게서 주로 생기는 증상. 라크리마에서 수도 없이 보아왔던 증상이다.

이러한 감염 증세의 원인은 여러 가지가 있다. 결핵일 수도 있고, 결절성 홍반일 수도, 림프종일 가능성도 배제할 수 없다. 하지만 그는 세 가지 질환 모두 뭔가 부족하단 느낌을 받았다.

'아니야.'

도수는 선입견을 버렸다.

진단에는 작은 오차도 없어야 한다.

뭐가 이 환자의 증상과 가장 가깝게 일치하는 병일까?

거기까지 생각이 닿았을 때, 도수의 머릿속에 한 줄기 결론이 번뜩였다.

'설마?'

그는 환자에게 물었다.

"혹시 수혈을 받은 적이나, 낯선 사람과 성관계를 가진 적이 있으신가요?"

평가자는 도수의 얼굴을 유심히 뜯어봤다. 대부분 수험생들이 스스로 의료인이란 자각을 못하고 예민한 부분에서의 질문을 꺼리거나 돌려 묻는다. 그러나 도수는 너무나 자연스러웠다. 그 모습이 평가자의 호기심을 더 자극했다.

그래서, 평가자는 미간을 찌푸렸다.

"뭘 그런 걸… 제가 그런 사람 같아 보이세요?"

이런 환자도 있게 마련이니까.

어떻게 대처하나 보는데, 도수는 굉장히 이성적인 태도로 대답했다.

"지금 에이즈(Acquired Immune Deficiency Syndrome: 후천성 면역 결핍증)로 의심되는 증상을 가지고 계십니다."

"……!"

'에이즈'란 한마디에 실제 환자여도 놀랐겠지만.

평가자는 다른 의미로 놀라서 표정이 변했다.

'문진만으로 에이즈를 알아낸 것도 놀라운데… 자기 진단에 확신을 가지고 있다.'

이건 중요한 덕목이었다.

의사란 사람이 환자에게조차 믿음을 못 주면 안 되는 법이니까.

하지만 에이즈 같은 질환은 환자 입장에서 대부분 '불치병'으로 받아들이기 때문에 이를 알리는 것에 있어서 대부분의 수험생이 곤혹스러워하게 마련이다.

그런데 도수는 문진만으로 짚어내기 어려운 '에이즈'라는 질환을 정확히 파악한 것도 모자라 진짜 의사답게 상황을 이끌어가고 있었다. 도무지 수험생이라곤 생각 들지 않을 만큼 모든 대처가 자연스러운 것이다.

"지금 에이즈라고 하셨습니까?"

평가자는 언성을 높였다. 일부러 더 흥분하며 도수를 압박하려는 속셈이었다.

"한두 해 전에 모르는 여자와 하룻밤을 보내긴 했지만… 그렇다고 에이즈가 걸려요? 정확한 겁니까? 아니, 잘못 알았을 가능성은 없냐고요. 의사 선생, 뭔가 착오가 있었다고 말씀 좀 해주세요. 에?"

냉철하게 환자의 상태를 인지시켰던 도수는 의젓하게 그를 달래주었다.

"에이즈라고 해서 무조건 해결책이 없는 건 아닙니다."

"그게 무슨 소립니까? 에이즈는 무조건 죽는 병 아닙니까."

"아닙니다. 최근에 HIV바이러스를 강력하게 억제할 수 있는 치료제가 개발됐습니다. 치료만 잘 받으시면 면역력을 유지할 수 있어요. 즉, 에이즈에 걸리셨더라도 치료를 잘 받으면 면역력을 유지하며 어느 정도 정상인과 같은 생활이 가능하다는 뜻입니다. 제가 최선을 다하겠습니다."

감정에 치우치지 않고 전문가적인 태도로 환자를 대하여 안심을 유도한다.

의대를 나온 이들이라면 대부분이 배운 것들이지만 도수는 달랐다. 마치 수없이 해본 일 같았던 것이다. 인턴, 레지던트도 아니고 최소 전문의처럼 보인다.

'역시 다른 건가?'

평가자는 그런 생각을 하지 않을 수가 없었다. 몇 년을 전쟁터에서 떠돌며 환자를 봤다고 했던가? 그 경험이 실제로 말한마디, 표정 하나, 행동 하나에서 고스란히 묻어나고 있었다.

도수는 불쑥 평가자의 손을 잡았다.

"……!"

"의사인 제가 전혀 거리낌이 없죠?"

"아… 네."

당황한 평가자.

도수는 자기 페이스대로 그를 이끌었다.

"보시다시피 에이즈는 쉽게 전염되는 병이 아닙니다. 전염 경로는 오로지 정액과 혈액뿐입니다. 대부분은 직접적인 성관계 시에 감염이 되지만 상처를 통해 혈액으로 감염이 될 수 있으니 주의하시는 게 좋습니다. 에이즈는 절대 죽을병이 아니니 포기하지 마시고, 의지를 갖고 떳떳하게 치료에 집중하세요."

손을 잡고 있는 도수의 손에 힘이 들어갔다. 그러자 평가자 역시 실제 에이즈 환자가 아님에도 울컥하는 느낌이 올라왔다.

　"알겠습니다."

　거기까지 이야기했을 때.

　'땡!' 하고 종이 한 번 울렸다.

　10분 중 5분이 지나간 것이다.

　고작 5분밖에 안 됐음에도 도수는 문진만으로 정확한 병명을 진단하고 완벽하게 환자를 케어한 셈이다.

　'아직 5분밖에 안 됐다니.'

　평가자는 진심으로 놀랐다.

　이렇게 애매한 병명을 문진할 경우 대부분의 수험생이 정답을 놓치게 마련이다. 아주 뛰어난 학생들은 에이즈란 걸 알아내기도 하지만, 어디까지나 10분이 간당간당할 정도로 시간이 걸린다. 정답을 맞히는 것에만 혈안이 되어 의사에게 가장 중요한 '환자를 대하는 일'에 소홀한 수험생도 많다. 그 모든 게 감점이고 탈락 사유가 된다.

　하지만 도수는 완벽했다.

　"수고했어요."

　그렇게 말한 평가자가 평가지 리스트에 체크를 했다.

　'정말이지… 실기로는 흠잡을 데가 없군.'

이 정도면 트집조차 잡을 수 없다.

정작 도수는 손을 소독한 후 고개를 꾸벅 숙여 보이곤 스테이지를 나섰다.

문을 닫고 나온 순간.

고개를 든 그의 눈앞에 뜻밖의 광경이 펼쳐져 있었다.

"이도수다."

"이도수 맞아?"

"TV에서 아직 얼굴 공개 안 했잖아."

"아니야, 내가 아까 봤어."

수군대는 몇몇 수험생들이 그를 기다리고 있었던 것이다.

그중 여자애가 다가와서 종이와 펜을 내밀었다.

"이도수 맞지?"

"네."

도수는 존대를 했다.

상대가 열아홉 살인 그보다 어릴 리는 없었기 때문.

그러자 여학생의 친구들까지 우르르 몰리며 한마디씩 했다.

"우리 네 팬이야!"

"시험 어떻게 봤어?"

"뭘 그런 걸 물어. 실전이랑은 전혀 다를 텐데."

"하긴… 그래도 좋은 경험이 됐을 거야."

누가 누굴 걱정하는 건지.

도수는 기가 찼지만 별 내색하지 않고 종이와 펜을 받아서 '이도수' 세 글자를 정자로 써서 돌려줬다.

"으엑."

악필이다.

그것도 심한.

한국말에 익숙한 도수였지만 안 쓴 진 오래됐기에 글자체까지 다듬을 여력이 없었다.

"흠흠! 어, 어쨌든 고마워. 이번 시험 잘 보길 바라."

"그쪽도 잘 보셨길."

그 말을 남긴 도수는 쌩하니 그들을 지나쳐 멀어졌다.

뒷모습을 보던 수험생들이 고개를 갸웃했다.

"애가 라크리마에서 와서 그런지 분위기가 싸하네."

"가서 한마디 해보든가."

"그러다 죽을 수도 있어."

"아무튼, 저래선 CPX에선 망했겠네. 환자들 문진하면서도 저런 태도로 했을 거 아니야."

"맞아. 저건 그냥 원래 성격이 저런 거야."

빗발치는 추측들.

하지만 정작 도수는 조금도 걱정하지 않고, 1달 뒤 있을 필기 시험 예상 문제들을 머릿속에서 끊임없이 돌려보고 있었다. 그에게 이번 '실기'는 투시력의 도움 없이도 문진을 통해 환자의 병명을 충분히 알아낼 수 있다는 희열과 충족감을 얻은 것.

그 이상, 그 이하의 의미도 아니었다.

*   *   *

"오빠, 엿 먹어."

"……."

필기시험장 앞에서, 해리가 꺼낸 첫마디다.

도수는 '엿'의 숨은 뜻을 알아듣지 못하고 미간을 찌푸렸다.

"너 그게 무슨 말버릇……."

척.

손을 쭉 뻗은 해리의 손에 큼직한 엿이 들려 있었다.

"내가 특별히 인사동까지 가서 사 온 거야."

특별히 인사동까지 가긴 무슨.

친구들과 약속이 있어서 간 거면서.

도수는 진작 알고 있었지만 내색하지 않고 물었다.

"왜 이걸? 왜 자꾸 엿 타령이야?"

이쪽이 더 궁금했다.

그러자 해리가 말했다.

"엿 감촉이 어때?"

"끈적거려."

도수가 질색하자 해리가 피식 웃었다.

"그거야. 끈덕지게 척! 붙으라고 엿을 준 거라고. 그러니까 꼭 먹어야 돼?"

엿을 빤히 쳐다보던 도수가 진지하게 말했다.

"이런 걸 잘못 먹으면 식도나 위벽에 붙어서 끔찍한 결과를 초래할 수 있는……"

"아니."

도리도리.

고개를 저은 해리가 눈을 마주치고 생긋 웃었다.

"내 십칠 년 평생 그런 사람 듣도 보도 못 했어. 오빠, 엿 먹어본 적 없지?"

"…어."

"그럼 지금 맛만 봐."

도수는 엿을 깨물려다 말고 핥았다. 혀끝에서 시작된 달콤한 맛이 입안 가득 퍼졌다.

"이 썩겠다."

"그렇게 생각하면 아무것도 못 먹어. 아무튼!"

해리가 불쑥 도수에게 다가서며 어깨를 두드렸다.

"꼭 합격하시게!"

"자네도 이만 돌아가시게."

김해리가 피식 웃었다.

"긴장 별로 안 하는 것 같네."

"약간은."

무뚝뚝하게 대답한 도수가 미련 없이 몸을 돌렸다. 따라서 그는 해리의 눈빛에 복잡한 기색이 스치는 것을 볼 수 없었다.

*　　　*　　　*

막 교문으로 들어서려던 도수는 걸음을 우뚝 멈췄다.

근처에 취재진이 눈에 불을 켜고 진을 친 것이다.

"수험표… 이름이 찍힌 수험표를 숨기고 있는 애를 찾아."

"열아홉 살이니 딱 봐도 어려 보일 거야."

"얼굴 가리고 들어오는 앨 찾아보자고."

"……."

도수는 말을 잃었다.

아직 얼굴이 공개되지 않은 상태였기에 망정이지 지난번 실기시험을 본 후 그가 국시에 응시했단 소문이 언론가에 쫙 퍼진 것이다.

하지만.

"후우."

이쯤이야.

귀찮을 뿐 얼마든 피할 수 있다.

도수는 난민 생활에서 터득한 법칙대로 행동했다. 빠르게 진입하는 인파를 훑었다. 화장기 없는 얼굴로 고개를 살짝 숙이고 있는 여자 수험생 몇이 보였다.

포착 완료.

도수의 걸음이 빨라졌다. 그녀들 틈으로 물처럼 스며든 도수는 발걸음을 맞췄다. 그러자 교묘하게도 곁에서 두 눈 크게 뜨고 도수를 찾는 취재진의 눈에 띄지 않고 수험장 안까지 들어갈 수 있었다.

'여기서도 이런 귀찮은 짓을 하게 되다니.'

고개를 내저은 도수는 외투를 벗고 수험표를 꺼냈다.

이제 시작이다.

그런데 시작도 전에 주위의 따가운 눈총이 느껴졌다.

"이도수……."

"저 사람이 이도수?"

"우와……."

"잘생겼다."

뒤따르는 감상들.

하지만 도수는 개의치 않고 필기시험을 준비했다.

몇몇 수험생들이 다가오려 했지만, 때마침 감독관이 들어오는 바람에 자리로 가야 했다.

자기소개를 끝낸 감독관이 말했다.

"지금부터 핸드폰 등 전자기기, 그리고 액세서리를 각자 제출합니다."

전자기기나 액세서리를 수거하는 동시에.

감독관은 개개인에게 컴퓨터용 사인펜과 샤프를 제공했다.

그리고 곧, 정적 속에 시험지 넘기는 소리만 들어찼다.

팔락, 팔락…….

"시험 시간은 한 시간 사십 분이니, 잘 분배해서 보시길 바랍니다."

이내 문제 푸는 소리가 이어졌다.

사각, 사각.

펜이 지면을 스치는 마찰음이 기분 좋게 고막을 자극한다.

팽팽한 긴장감 속에서도 도수는 자유로웠다. 일단은 의사 자격을 받아야 자유로운 의료 활동이 가능하다. 이 자리만 통과하면 합법적으로 사람들을 마음껏 치료할 수 있다는 사실이 즐거웠다.

한 가지 더 기쁜 사실은.

모든 문제의 정답이 확실하게, 막힘없이 딱딱 떨어진다는 점이었다. 마치 답안지를 보고 답을 써 내려가는 기분이었다.

한두 문제만 아리까리했어도 굉장히 불안했을 텐데.

도수는 점점 자신감이 붙었다.

'이제 남은 과목은 네 개.'

중식을 먹은 도수는 다시 교실로 돌아왔다. 머릿속으로 다음 과목의 체크 포인트를 떠올리고 있는 그때, 감독관이 들어섰다.

"다들 밥 먹은 후라 졸리고 늘어질 수 있을 텐데 정신 차리고 앞으로 과목도 잘 보시기 바랍니다."

곧 시험이 시작됐다.

거기까진 전 교시들과 다를 게 없었다.

그런데 그 순간.

교실 귀퉁이에서 숨넘어가는 소리가 들려왔다.

"허억, 헉……!"

큰 키에 마른 체형을 가진 남학생 한 명이 안경을 떨어뜨리며 자리에서 일어났다. 파리한 얼굴색. 비틀대는 몸짓이 큰 문제가 있어 보였다.

아니나 다를까?

그는 몇 걸음 못 가 크게 넘어졌다.

콰당탕!

"뭐야?"

"헐……."

주위에 있던 수험생들이 몸을 피하며 당혹성을 질렀다.

하지만 단 한 사람, 이 돌발 상황에 침착한 사람이 있었으니.

바로 도수였다.

'천식 발작?'

얼마 전 아로대병원 응급실에서 이와 같은 환자를 맞닥뜨린 적이 있었다. 그땐 기도 삽관을 통해 해결했지만, 지금은 그런 조취를 취할 만한 도구가 없었다.

'아니… 나서지 말자.'

도수는 주먹을 움켜쥐었다.

지금은 국가고시 중.

멋대로 나섰다간 자칫 의사 자격이 물 건너 갈 수도 있었다. 만약 그렇게 되지 않는다고 해도 자격을 얻는 일이 늦춰질 것이다.

그때 당황해 있던 감독관이 수험생들을 통제했다.

"모두 가만히 있어요! 여기 선생님!"

교실 뒤편에서 대기하고 있던 양호교사가 쓰러진 수험생에게로 달려가 천식 흡입기를 들이마시게 조치했다.

'다행이야.'

도수는 주먹을 쥐었던 손을 느슨하게 풀었다.

환자 본인이 시험 보기 전 미리 언질을 해두었던 것이다.

"된 건가?"

"괜찮아진 것 같기도 하고……."

술렁이는 교실 안.

모두가 예비 의사들인데도 이렇듯 속수무책이다. 모두들 눈앞의 환자 한 명보단 앞으로 살릴 많은 환자들을 생각하고 있으니까.

감독관이 그런 수험생들을 보며 외쳤다.

"의사 자격시험은 국가고시입니다! 나라에서 진행하는 시험이라 다른 시험처럼 예외가 없습니다! 시험 시간이나 점수는 바뀌지 않아요! 나중 가서 지금 상황 탓하지 말고 다들 자기 시험에 집중하세요!"

어수선한 데다 쓰러진 사람을 외면하긴 쉽지 않았지만 당사자가 아파도 두 번 기회를 주지 않는 국가고시다.

어차피 조치는 감독관이나 양호교사의 몫.

수험생들은 저마다 고개를 돌리며 다시 시험에 집중했다.

사각, 사각…….

다시, 펜 끝이 지면을 스치는 소리.

모두 다시금 시험에 집중하고 있었지만.

단 한 명.

도수만 눈을 떼지 못했다.

"허윽… 허윽……!"

환자의 숨소리가 여전히 탁했다.

천식 흡입기를 들이마셨음에도 증상이 나아지지 않고 있는 것이다.

급기야 그는 고통에 몸부림을 쳤다.

"끄으으으으… 끄으으!"

괴로워하는 환자를 보며 양호교사는 어쩔 줄 몰랐다.

"왜, 왜 이러지?"

자기도 모르게 내뱉는 한마디.

그야말로 진땀을 뻘뻘 흘리고 있었다.

그건 시험을 진행해야 하는 감독관도 마찬가지였다.

"선생님! 뭐가 어떻게 되어가고 있는 겁니까?"

"검사할 기계도 없고 저도 당장은 잘… 이, 일일구에 신고해야 될 것 같습니다!"

양호교사가 얼굴이 창백하게 질려 대답하자 감독관이 바로 핸드폰을 들었다.

"제가 신고하겠습니다."

'시간이 있을까?'

도수는 시험지와 환자를 번갈아 바라봤다.

구조대가 올 때까지 버틸 수 있을 것 같지가 않았다.

시험 시간 까먹다 필기를 망치면 적어도 한국에 있는 어느 병원도 들어갈 수 없을 것이다. 하지만 시험 잘 보려고 환자를 외면하고 그대로 두면 한 사람이 죽을 수도 있다.

도수는 일순 투시력을 쓰려다 말았다. 이틀에 걸친 국가고시를 봐야 하는 판국에 극심한 체력 소모를 감수할 순 없는 까닭이다. 게다가.

'발작 증세가 심해. 천식 흡입기도 듣지 않는다. 일반 천식이 아닐 수 있어. 저대로 두면 위험하다.'

어느 정도는 투시력 없이도 파악이 가능했다.

실기시험에서 문진할 때도 그랬고 지금도 그렇다.

반면 양호교사는 정신을 못 차리고 있었기에.

도수가 불쑥 외쳤다.

"가방을 뒤져보세요! 비상시에 쓰려고 갖고 다니는 에피네프린 주사가 있을 겁니다."

"아!"

그제야 돌처럼 굳어 있던 양호교사가 깨어났다.

천식 환자의 가방을 쏟자 역시, 에피네프린 주사가 있었다.

그녀는 주사기를 꺼내 90도로 환자 허벅지에 찔러 넣곤 크게 한숨을 내쉬며 안도했다.

"휴우! 정말 다행이에요! 십년감수했습니다! 하하하하……! 주사기가 있는지 어떻게 알았어요?"

도수에게 묻는 말.

하지만 아직 안심하긴 이르다.

도수는 대답하지 않고 환자의 경과를 지켜봤다.

'역시… 천식이 아니야.'

환자 상태는 더 악화되고 있었다.

그사이 시험지가 눈에 밟혔다.

시험지……?

시험 따위가 중요한가!

"젠장!"

욕지거리를 뱉은 도수가 벌떡 일어나 성큼 환자에게 다가갔다. 시험을 치르는 건 어디까지나 환자를 살린 후.

그러자 감독관이 깜짝 놀라 소리쳤다.

"뭐예요? 거기 안 섭니까?"

도수는 이번에도 대답하지 않았다.

실랑이하고 있을 여유가 있었다면 애초에 나서지도 않았을 것이다.

환자 곁에 다가간 그는 환자의 허벅지를 꼬집었다.

역시… 미동도 없다.

"보세요. 흡입기가 효과를 본 게 아니라 의식을 잃은 겁니다."

"아……."

양호교사는 당황했다.

그녀의 흔들리는 동공을 응시하던 도수는 환자의 목에 손을 대고 맥박을 확인했다.

'맥박은 정상. 천식 발작이 아니면……'

천식과 구분이 힘들고, 큰 키에 마른 체형을 가진 젊은 사람들에게 주로 생기는 질환.

도수는 직감했다.

'기흉?'

더불어 뻣뻣한 근육, 바짝 마른 입술.

'갑자기 심해진 걸 보면 긴장성이다.'

어느 정도 확신이 섰지만 실기에서 배웠듯 정확한 진단이 필요했다.

'투시력을 써야 하나?'

아니.

아직 이르다.

그런 판단이 들었다.

시간을 보니 아직은 환자를 살리고 시험을 치를 가능성이 있었다.

따라서 그는 투시력 대신, 라크리마에서 배웠던 진단법을 떠올렸다.

손가락 끝을 환자 가슴에 대고 다른 손으로 손톱 위쪽을 두드리는 것.

먼저 왼쪽 가슴.

통, 통.

울리는 소리가 났다.

그 모습을 보던 양호교사가 비명처럼 물었다.

"서… 설마 타, 타진(打診)을……?"

이제 막 국가고시를 보러 온 수험생이, 요즘은 의사들도 안 쓴다는 타진을 하다니!

그는 인간 엑스레이가 되어 반대쪽 가슴을 두드렸다.

통, 통—!

왼쪽 가슴에 비해 높은 소리.

왼쪽 가슴에 비해 가벼운 진동이 손가락 끝에서 느껴졌다.

이건…….

확인 절차를 마친 도수가 진단을 내렸다.

"기흉입니다."

하지만 진단은 치료의 시작.

그가 보기에 환자 상태는 안 좋았다. 그리고 앞으로 더 나빠질 것이 불 보듯 뻔했다. 여기서 더 심해지면 한쪽 폐가 완전히 쪼그라들 수 있었다. 심장이 압박될 경우 순식간에 심정지가 올 가능성도 있다.

'놔두면 사망할 수 있어.'

도수는 양호교사를 보며 물었다.

"빨대… 아니 그러니까, 도레코스토미(Thoracostomy: 흉관삽입술) 할 수 있어요?"

자기도 모르게 라크리마에서 하던 대로 '빨대 꽂기'라고 지칭할 뻔했다.

하지만 이젠 의대생만큼 이론을 공부한 국시 응시생.

도수의 말에, 양호교사가 말을 잇지 못했다.

"그 수술을 어떻게……."

해박한 의학 지식은 공부했다 치고, 타진에 흉관삽입술까지.

"…대체 뭐죠? 어떻게 그런 것들을 알아요?"

"지금 그게 중요해요? 묻잖아요, Thoracostomy 할 수 있는지!"

"……!"

양호교사는 대답하지 못했다.

간호사 자격만 있지, 의사가 아닌 것이다. 의사들은 고시 내내 이곳에서 머물 만큼 한가하지 않다. 그녀는 응급처치만 남들보다 능숙할 뿐, 지금 이 자리에 있는 수험생들과 크게 다르지 않았다.

당연히 흉관삽입술도 못 한다.

눈치로 알아챈 도수는 한숨을 내쉬었다.

"이 환자는 제가 살리겠습니다."

그의 목소리는 나지막했지만 항거할 수 없는 무언의 힘이 있었다.

어쩌면 당연하다.

누구도 인생이 걸린 국시를 포기하고 환자를 돌볼 용기가 없었고.

흉관삽입술을 이 자리에서 실행할 용기는 더더욱 없었다.

수험생들은 물론 감독관도, 양호교사도 덤벼들어 그를 말리지 못했다.

지금도 모두가 죽어가는 수험생을 보고 있는 상황.

도수는 빠르게 주위를 훑었다.

'젠장.'

기흉을 해결하려면 공기를 빼줘야 하는데 메스도, 튜브도 없다.

여긴 학교지 병원이 아니니까.

하지만…….

"잠시 물건 좀 빌리겠습니다."

멋대로 양해를 구한 도수는 양호교사가 가져온 구급상자에서 에탄올 소독약을 꺼냈다.

"필통 갖고 있는 사람?"

수험생들은 서로 눈치만 보며 선뜻 필통을 꺼내 주지 못했다.

가방을 열고 뭔가를 꺼내는 행위는 충분히 부정행위로 간주될 수 있기 때문이다.

"감독관님."

도수의 부름에 감독관이 정신을 차렸다.

"저… 정말 그렇게 위급한 겁니까?"

"그대로 두면 죽습니다."

단호한 한마디.

감독관은 결심했다.

"…다들 말에 따르세요!"

우르르, 수험생들이 저마다 필통을 꺼냈다.

도수는 직접 필통을 까보고 커터 칼과 볼펜을 꺼냈다. 하지만 칼이란 건 존재만으로도 위협적인 도구.

"카, 칼은 왜? 설마 절개를 하려고……?"

필통 주인이 물었지만 도수는 말없이 환자 곁으로 돌아갔다.

그러자 양호교사가 말했다.

"진짜 여기서 흉관삽입술을 할 생각이이에요? 그 필기도구들만 가지고?"

그녀는 아까보다 침착해 보였지만 목소리가 떨리는 것만은 어쩔 수 없었다.

도수는 볼펜을 분해하며 고개를 끄덕였다.

"다른 수 있어요?"

"……."

그녀는 대답하지 못했다.

죽어가는 사람을 마주하는 공포.

이 자리의 모두를 얼어붙게 한 원인이지만, 매일같이 사람이 죽어나가는 지옥에서 살았던 도수에게는 대수로울 것 없다.

"절개 시작합니다."

에탄올로 소독한 커터 칼은 메스가, 볼펜 펜대는 호스가 됐다.

도수는 절개 부위인 가슴 아래쪽을 에탄올로 소독한 뒤 커터 칼로 절개했다. 그러자 칼날이 지나간 자리로 피가 질질 흘렀다.

*   *   *

"……!"

애써 시험지로 눈을 돌리려는 수험생들의 표정에 긴장감이 스쳤다.

그들 모두 의대생. 해부학 실습에서 인체를 해체해 본 경험이 있었다. 하지만 그건 카데바(Cadaver: 해부실습용 시체)일 뿐 실제 산 사람의 몸에 칼을 대는 건 생각만 해도 떨리는 일이었다.

그 일을 도수는 아무렇지도 않게 해냈다.

"으윽……."

결국 일반인인 감독관의 잇새로 신음이 새어 나왔다. 그는 오만상을 찌푸리며 양호교사에게 물었다.

"선생님! 저 친구가 하고 있는 응급처치가 맞는 겁니까? 저건 응급처치라고 하기에는……."

너무 잔인… 아니, 너무 심화된 처치법이 아닌가?

양호교사는 동공을 흔들며 대답했다.

"맞긴 합니다. 맞는데… 아직 학생이 할 수 있는지는……."

"아니, 그런 말이 어딨어요?"

감독관이 언성을 높이는 그때.

도수가 비수를 날리듯 경고했다.

"정교한 작업이고 집중해야 합니다."

사실, 진짜로 방해가 되는 건 아니었다.

폭발음과 총성이 빗발치는 전쟁터에서도 사람 몸에 칼을 대던 그였으니까.

다만 두 사람의 입을 다물게 하기 위한 경고였고, 효과도 있었다.

교실 전체가 쥐 죽은 듯 침묵에 휩싸인 것이다.

도수는 절개한 5번 갈비뼈 위쪽을 따라, 텅 빈 볼펜대를 삽관했다.

그리고 삽관이 끝나기 무섭게.

환자의 숨소리가 변했다.

"푸우……."

공기가 빠져나가는 소리.

"성공입니다."

도수의 말이 떨어지기 무섭게 주위 모두가 안도의 한숨을 뱉었다.

산 사람 몸에 칼집을 낸다는 것.

숙련된 자가 아니라면 망설일 수밖에 없는 일을 도수는 해낸 것이다.

그 순간.

교실 창문을 통해 사이렌 소리가 들려왔다.

연이어 신고한 감독관에게 전화가 왔고, 교실 위치를 들은 구조대원들이 들것을 들고 들이닥쳤다.

"환자 어디 있습니까?"

"여기예요!"

양호교사가 손을 번쩍 들고 외쳤다.

환자 상태를 가까이서 본 구조대원들은 하나같이 눈을 휘둥그렇게 떴다.

"선생님이 처치하신 겁니까?"

양호교사는 말없이 도수를 쳐다봤다.

그러자 구조대원이 떨떠름하게 물었다.

"네? 아무리 의대생이라지만 아직 학생이… 이걸 했다고요?"

너무나 완벽한 응급처치.

양호교사가 고개를 끄덕였다.

"맞아요. 이 학생이 응급처치를 했습니다."

"허."

구조대원들은 서로를 보며 믿기지 않는 표정을 확인했다.

"이런 적은 처음입니다."

"…일단 옮기죠."

들것을 들고 있는 대원의 말에 환자를 살피던 구조대원이 고개를 끄덕였다. 그들은 신속하게 환자를 눕히고 이송 준비를 마쳤다.

환자 인계가 끝난 시점에서야 도수는 자리에서 일어났다.

"뭘 하려고……?"

누군가 물었다.

그들 모두가 잊고 있었지만.

도수는 잊지 않았다.

"전 시험을 봐야 해서요."

"아……!"

시계를 보니 아직 사십여 분이 남아 있었다.

그렇다고 해도 방금까지 사람 가슴을 칼로 째고 펜대를 쑤서 넣은 당사자가 할 수 있는 말인가?

지나치게 침착한 모습에 모두가 할 말을 잃었다.

그러든 말든.

도수는 자리로 돌아갔다.

멍해 있던 구조대원이 말했다.

"일단 병원으로 옮기겠습니다."

"아, 예……!"

양호교사가 동의하자 구조대원들이 교실을 빠져나갔다.

그쪽을 멍하니 보던 도수는 시험지로 눈길을 돌렸다.

"후……."

할 수 있을까?

시험이 시작되자마자 사고가 터지는 바람에 한 문제도 제대로 풀지 못한 상태.

그나마 다른 학생들은 틈틈이 어느 정도 문제라도 풀었지, 도수는 환자에게 붙어 있느라 아예 손도 못 댄 것이다.

한 시간 사십 분의 시험 시간 중 이미 한 시간 가까이 흘러버린 상황이 됐다. 남들에 비해 절반도 남지 않은 시간 동안, 안 그래도 시간이 부족한 시험 문제들을 모두 풀어야 하는 셈이다.

'해보자.'

이 순간을 위해 투시력도 쓰지 않고 체력과 집중력을 아껴

두지 않았는가?

1. 의식을 잃은 환자에서 동맥혈 가스 검사 결과 pH 7.2, HCO3 10 밀리몰 퍼 리터, PCO2 30 수은 밀리미터, 혈청 전해질은 137-2.5-95이었다면 감별해야 할 질환과 추가로 시행할 검사는?

도수는 빠르게 문제를 풀기 시작했다.
사각, 사각.

요세관성 산증을 의심해야 하고 원위와 근위 감별을 위해 소변과 혈청에서 전해질, 크레아티닌, 포도당, 오스몰을 검사.

마치 수술할 때처럼.
집중해서 한 글자, 한 글자 정확히 기입했다.
그리고 정확히 마킹했다.
그렇게 사십 분 후.
도수는 꽉 찬 OMR카드를 제출했다.
그러자 감독관이 말했다.
"오늘 사고는 유감입니다."
그는 못내 도수를 위로해 주었다.

"그래도 의사가 될 사람으로서 옳은 일을 한 거예요. 모두가 나서지 못하는 상황에서 선의로 나섰고, 어떤 결과가 나오든 후회할 필요 없습니다."

그게 시험 결과든 환자에 대한 결과든, 중의적인 의미였다. 최악의 상황에서 실려 간 환자가 잘못된다면 소송에 휘말릴 수도 있는 일이다.

하지만 도수는 담담하게 대답했다.

"괜찮습니다."

환자는 괜찮을 것이다.

시험도 아무 문제 없을 것이다.

위로는 그가 아닌 다른 학생들이 받아야 할 몫이었다. 대부분 수험생들이 이번 사고를 겪으면서 집중을 하지 못하고 몇 문제씩 놓치고 찍었을 테지만 도수는 70문제 중 단 한 문제도 놓치지 않았으니까.

물론 이 사실을 꿈에도 모르는 감독관은 그의 어깨를 두드렸다.

"그래요. 의젓해서 다행입니다. 언젠가 시험을 통과하면 꼭 좋은 의사가 될 거예요."

"……"

빙그레 웃은 도수는 고개인사를 하곤 자리로 돌아가 앉았다. 다음 시험을 준비해야 하는 것이다.

그런데 이번엔 양호교사가 다가왔다. 그녀는 아직도 아찔한지 두 손으로 얼굴을 문지르며 말했다.

"학생 아니었으면 환자는 큰일 났을 거예요."

"저, 실례지만 다음 시험을 준비해야 해서."

"아!"

양호교사는 조금 아쉬웠지만 감탄을 아끼지 않았다.

"끝까지 포기하지 않는 모습이 진짜 대견하네요. 우리 아들도 배워야 할 텐데… 아무튼 남은 과목이라도 꼭 잘 보길 바라요."

"네."

도수는 다시 페이스를 찾아서 나머지 시험을 치렀다.

그렇게 1일 차 시험을 모두 치렀을 때쯤.

학교 운동장으로 검은색 대형 세단이 들어섰다.

운전석에서 내린 운전기사가 뒷좌석으로 달려가 문을 열었다.

그러자 정장을 입은 중년 남자가 모습을 드러냈다.

"여기서 기다리게."

"예, 대표님."

'대표'라고 불린 남자는 학교 안으로 들어갔다.

뚜벅, 뚜벅… 그의 발길이 향하는 곳은 다름 아닌 국가고시장이었다.

시끌시끌.

교실 안은 시험을 마친 수험생들로 시끌벅적했다.

수험생 면면을 살피던 중년 남자는 아직 시험지를 정리하고 있는 감독관에게로 갔다.

"안녕하십니까. 전 오늘 쓰러진 정찬영 수험생 애비 되는 사람입니다."

"아……!"

감독관은 눈을 동그랗게 떴다.

"그런데 여긴 무슨 일로……?"

"저희 애의 목숨을 구한 친구가 있다고 들었습니다."

"아! 맞습니다. 저 친구가 응급처치를 잘해준 덕분에 아드님이 무사할 수 있었습니다."

감독관의 손끝이 향한 곳.

그곳에는 도수가 있었다.

때마침 고개를 들었던 도수는 자신을 가리킨 감독관과 중년 남자를 번갈아 보았다.

"무슨 일이죠?"

"자네가 내 아들을 구한 의인이로군."

"의인이요?"

"그래. 인생의 중요한 시험을 앞둔 상황에서 발 벗고 나서기란 쉬운 일이 아니지. 그것도 꽤 어려운 응급처치를 과감하게 했다던데. 보통 용기가 아니고선 할 수 없는 일을 해냈어."

중년 남자가 천천히 덧붙였다.

"사례를 할까 하는데……."

"그런 걸 바라고 한 일이 아닌데요."

도수가 심드렁하게 대답했지만 중년인은 완강했다.

"내가 여기까지 온 성의를 봐서라도 사양하지 말게. 이건 내 명함이야."

지갑에서 꺼낸 명함을 건넨다.

도수는 거기 쓰인 직함을 확인했다.

법무법인 명인.

대표 정성민.

'법무법인?'

그것도 대표다.

도수도 그가 평범한 사람이 아니라는 것 정도는 알 것 같았다.

그때, 정성민이 말을 이었다.

"사례는 내가 좋은 것보다 자네가 원하는 걸 하는 편이 합리적일 것 같군. 잘 생각해 보고 내게 원하는 게 있거든 언제든 지체 없이 연락을 주게."

그는 그렇게 말했지만.

도수는 질질 끌고 싶은 생각이 없었다. 공돈은 그 자리에서 쓰는 게 가장 편하고 깔끔하듯 은원도 그 자리에서 해결하는 게 가장 마음 편했다. 사람 마음이란 언제 바뀔지 모르니까.

동시에 김광석 교수에게 들었던 일침이 떠올랐다.

"전 세계 어디에서도 네가 했던 것처럼 무작정 환자를 보게 해 주는 경우는 없어. 정확히 말하면 네가 했던 행동들은 치료가 아닌 범죄였다."

불쑥 라크리마에서의 일이 생각난 도수는 법무법인 대표에게 받고 싶은 보답이 생겼다.

"그냥 지금 부탁드릴게요."

"음? 뭐든 말해보게."

"그게……."

요구 사항을 정리한 도수가 대뜸 말했다.

"제가 멋대로 절개하고 관을 삽입했는데요. 벌받지 않게 해 주실 수 있나요?"

"뭐? 으하하하하!"

정성민이 크게 웃음을 터뜨렸다.

"그게 부탁인가?"

"네."

"하하하하… 그건 걱정하지 않아도 돼."

"네?"

도수가 토끼 눈을 뜨자 정성민이 친절하게 설명해 주었다.

"응급의료법 제5조 1항. 선의의 응급의료에 대한 면책을 보면 응급의료종사자가 아닌 민간인이 응급의료법에서 말하는 '응급 상황'에 응급처치를 한 경우 형사적, 민사적 책임을 묻지 않게 되어 있네. 만약 결과가 나빠서 환자 측에서 소송한다면 모를까 지금 같은 경우 아무 걱정 안 해도 된다는 뜻이지."

"아……."

도수는 안도했다.

물론 '응급 상황'인 경우에만 적용되는 법률이니 평소에 의사 자격 없이 의료 활동을 할 수는 없겠지만, 오늘 한 일에 대해선 아무 문제가 없는 것이다.

웃음기를 두른 정성민이 말을 이었다.

"안심하라고 자세히 얘기해 준 거야. 이 정도면 안심이 됐겠지?"

"네."

고개를 끄덕인 정성민이 다시 입을 열었다.

"이건 부탁으로 치지 않겠네. 이렇게 만났으니 사실 식사라도 대접해야 예의겠지만 다시 바로 병원에 가봐야 해서……. 연락처밖에 못 주는 점 양해 바라네. 혹시 자네를 놓칠까 봐

아들놈 의식 깨는 거 보자마자 달려온 거니까 꼭 연락해야
돼. 내 부탁함세."

도수는 지금 당장 부탁할 것이 사라졌기에 고개를 끄덕이
며 대답했다.

"…알겠습니다."

"그래, 그래. 하하하! 그럼 다음에 보자고."

다시 한번 호탕하게 웃은 정성민이 도수의 어깨를 두드리곤
교실을 떠났다.

한바탕 태풍이 지나간 것처럼 자리에 남아 있던 모든 수험
생들이 도수를 지켜보고 있었다.

어느새 조용해진 교실 안.

감독관이 입을 열었다.

"법무법인 대표라니……."

의사 국가고시에 지원하는 이들은 전부 다 의대생들이다.
있는 집 자제들이 다른 곳보단 비교적 많은 편. 그렇다고 해
도, 하필이면 법무법인 대표씩이나 되는 사람 자제를 살리다
니.

그가 말을 이었다.

"시험을 어떻게 쳤든 사람은 얻었네요. 시험 칠 기회는 또
있겠지만 저런 분과 알고 지낼 기회가 어디 흔하겠어요? 이래
서 착한 사람이 복받는다는 건가 봅니다. 불의의 사고로 시험

을 망쳤다고 너무 좌절하지 말아요."

자꾸 좌절, 좌절, 좌절 타령. 위로도 한두 번이지 계속 들으면 싫증나게 마련이다. 애초에 좌절할 생각도 없는 도수는 명함을 대충 주머니에 쑤셔 넣고 대답했다.

"저 시험 잘 봤어요."

"그래요, 그럴 필요 없… 네?"

감독관이 되물었지만.

도수는 그저 씨익 웃었다.

"두고 보면 알겠죠."

＊　　　＊　　　＊

국시 필기 이틀째.

다시 말해 필기 마지막 날이었다.

오늘도 운동장 앞에 선 도수는 이마가 지끈거렸다.

'오늘은 못 피하겠어.'

그야말로 인파로 북적거리고 있었다.

어제 수험장에서 있었던 일에 대한 소문이 벌써 퍼진 것이다.

안 그래도 첫날 도수를 알아보지 못하고 헛물을 켰던 기자들이니 바짝 약이 올랐을 터.

같은 수험생들도 도수의 얼굴을 확인했으니 더 이상 시선을 피해 숨을 곳이 없어져 버렸다.

그 말을 증명하듯.

운동장에서 인터뷰를 하던 수험생 한 명이 손가락을 들어 도수를 가리켰다.

스윽.

"저 사람이 이도수예요."

"이도수……!"

"이도수다!"

순식간에 기자들이 몰려들었다.

찰칵, 찰칵!

카메라 플래시가 터졌다.

도수는 그 플래시 세례와 질문들을 고스란히 받으면서 우두커니 섰다. 조금도 놀라거나 당황하지 않고 담담하게 모든 관심을 받았다.

"어제 수험장에서 로펌 대표 자제분이 쓰러지는 일이 발생했다고 하던데요! 어떻게 대처하신 겁니까?"

"라크리마에서 한국에 들어온 소감 한 말씀만 해주세요!"

"시험은 잘 보셨나요?"

"로펌 대표님에게 사례를 받았습니까?"

"천하대병원에선 왜 갑자기 퇴원하신 겁니까?"

"지금 건강은 괜찮으신가요?"

천천히, 도수의 입이 열렸다.

"이전에 한마디만 하겠습니다."

"……!"

기자들의 목소리가 어느 정도 잦아들자 도수가 차분하게 말을 이었다.

"전 공인이 아니고 제 얼굴이 알려져서 불편을 겪는 게 싫습니다. 초상권은 지켜주시죠. 만약 지켜지지 않는다면 전 일체 인터뷰에 응하지 않는 건 물론, 해당 언론사를 고소하겠습니다."

"……!"

기자들이 다시 한번 놀랐다.

이렇게 초강력 응수를 할 줄은 몰랐던 것이다.

"카메라 내려!"

기자들 지시에 따라 카메라가 하나, 둘 치워졌다.

그러고 나자 도수는 손목시계를 확인한 뒤 짤막하게 말했다.

"인터뷰를 원하시는 분들은 따로 약속을 잡아주세요. 지금은 시험 시간이 다 돼서."

"그래도 한 말씀만……!"

"한 말씀만 해주세요!"

분분하게 외쳐대는 기자들.

그러든 말든 도수는 그들을 가로질러 당당하게 시험장에 입성했다.

그를 훔쳐보던 수험생들은 눈이 마주치면 고개를 돌리곤 했다. 어제 환자가 죽어가는 상황에서 조금도 위축되지 않고 나서던 모습. 그리고 오늘 수많은 기자들 앞에서 전혀 위축되지 않고 모세처럼 길을 열던 모습이 매치되며 다른 이들을 저절로 주눅 들게 만든 것이다.

누군가는 이렇게 말하기도 했다.

"팔자 펴겠네……."

"벌써부터… 우리랑은 다르지."

"하긴, 라크리마에서 수술도 많이 해봤다던데."

"어제 흉관 삽입만 봐도 엄청 빨랐어."

물론 도수는 신경 쓰지 않았다.

누구보다 평정심을 유지한 채 이틀째 시험을 치렀다.

그리고 집에 돌아갔을 땐, 상다리가 휘어질 정도로 푸짐한 저녁상이 차려져 있었다.

"시험 잘 봤니?"

임숙영이었다.

그 앞에는 김해리도 있었다.

김광석은 비록 병원 일 때문에 참석하지 못했지만.

도수는 어느새 이 사람들이 가족처럼 느껴졌다. 어쩌면 가족이 차지할 자리를 오랜 시간 마음속에 공석으로 비워두었기 때문에, 더 빨리 가족애를 가지게 됐는지도 모른다.

　어색하게 입꼬리를 올린 도수는 의자에 가서 앉으며 말했다.

　"해리가 준 엿을 먹어서 그런지, 척 붙을 것 같아요."

＊　　　　＊　　　　＊

　의사 국가고시를 감독했던 감독관은 자기 일이 끝났음에도 속이 시원하지 않았다. 가장 큰 궁금증이 가슴 한구석에 자리 잡고 있었던 것이다.

　지금까지 본 중에 가장 특이했던 아이. 도수의 한마디가 계속 호기심을 불러일으키고 있었다.

　"두고 보면 알겠죠."

　"뭘 두고 봐?"

　감독관이 중얼거렸다.

　그래, 이튿날은 시험을 잘 봤을 수도 있다.

　하지만 첫날 첫 과목. 한 시간 사십 분 동안 70문제를 풀어도 시간이 부족한 시험을, 사십 분 만에 70문제를 풀었다.

"다 푼 것 자체가 기적인데 성적이 좋을 리가……."

그렇게 말을 하면서도.

어느새 그의 눈길은 의사 국가고시 정답지와 도수의 시험지를 비교해 보고 있었다.

스윽.

1번은 동그라미.

"뭐, 어려운 문젠 아니었으니까."

스슥, 슥.

2, 3, 4번도 동그라미였다.

"음."

침음을 흘린 감독관은 계속해서 답을 맞춰보았다. 답을 채점해 나갈수록, 그의 눈이 점점 커졌다.

슥, 스스슥.

"어……."

끝을 모르고 이어지는 동그라미 행렬.

한 문제도 틀리지 않고 35번까지 왔다.

"이럴 리가."

중얼거리다가 고개를 저었다.

'그래, 나중에 시간이 없었을 테니까.'

그걸 감안해도 굉장히 우수한 성적을 내고 있었다.

감탄한 감독관은 다시금 채점에 들어갔다. 그리고 마지막 70번 문제에 동그라미 표시를 했을 때.

"말도 안 돼."

그는 눈이 찢어질 듯 부릅뜨고 있었다.

말도 안 되는 결과가 펼쳐진 것이다. 단 한 문제도 오답이 없는, 작대기 하나 없는 깨끗한 시험지가 완성됐으니까.

70문제 70정답.

만점자.

"말도 안 돼, 말도 안 돼."

수없이 말해도 부족하다.

머리를 흔든 그는 얼른 다른 과목들도 꺼내서 채점을 했다. 하지만.

"이 자식, 사람 맞아?"

결과는 마찬가지.

모든 과목 만점이다.

첫날에도 이튿날에도 기복은 없었다.

필기 만점은 380점.

보통 360점 내외면 수석이라고 하는데, 아예 380점을 받아 버린 만점자가 그의 교실에서 나온 것이다.

*   *   *

그 시각.

도수도 점수를 확인하고 있었다.

오로지 합격, 불합격으로 결과가 나오는 실기는 짐작했던 대로 '합격'.

필기 점수도 예상하던 대로였다.

빨간색 색연필을 집어 던진 도수가 툭 뱉었다.

"해냈다."

의사 국가고시 만점자의 소감이라기엔 지나치게 짧았지만 그 한마디에 모든 기쁨이 담겨 있었다.

'드디어 환자를 치료할 수 있다. 합법적으로.'

덜컥!

방문이 열리며 김해리가 쳐들어왔다.

"오빠! 어떻게 됐어?"

"잘됐어."

고개를 돌린 도수가 입꼬리를 올렸다.

"이제부터 의사다."

"아……!"

해리는 눈앞이 아찔할 정도로 놀랐다. 설마 도수가 그 짧은 시간 동안 공부를 하고 철썩 붙을 줄은, 붙길 바라면서도 내심 힘들 거라고 여기던 그녀였다.

"의대생들 배 아파 죽겠다."

"아직인데."

"응?"

"몇 점인지 안 물어봤잖아."

평소 자랑을 하지 않는 도수다. 아니, 자랑은커녕 자기 얘기도 잘 안 해준다. 그런 그가 자랑스럽게 웃으며 몇 점인지 물어봐 달란 식으로 말하다니.

김해리는 설마 하는 마음으로 물었다.

"몇 점… 인데?"

"380점."

"어?"

"만점 맞았다고."

"헐……."

해리는 긴말을 하지 못했다. 잠시 넋이 나가 감탄을 하더니 어렵사리 되물었다.

"마… 만점이라고? 진짜로……? 한 문제도 안 틀렸다고?"

도수는 고개를 끄덕이며 자리에서 일어났다.

"가자. 배고파."

안 그래도 거실에서 고기 굽는 냄새가 모락모락 넘어오고 있었다.

애초에 도수를 식탁으로 부르기 위해 들어왔던 김해리는

목적과 상반된 외침을 뱉었다.

"지금 밥이 넘어가?!"

"밥보다 중요한 건 없다."

"이런 밥팅이가……!"

"다 먹고살자고 하는 짓인데."

도수가 걸음을 떼는 순간.

김해리가 와락 안겼다.

"진짜 축하해!"

얼떨결에 그녀를 안은 도수는 떨떠름하게 말했다.

"왜 이렇게 오버야?"

"오버라니… 오빤 일 등을 했다고! 전국 의대생들 중에서도 최고가 됐다고. 나 시험지 볼래!"

"밥 먹자니까……."

"시험지부터 보면 안 돼?"

그러나 도수는 해리를 떨어뜨린 뒤 어깨를 잡아 돌려세웠다.

"가자. 밥부터."

해리는 지금 순간에도 밥을 찾는 도수가 전혀 이해가 가지 않았다. 그래서 고개를 돌리며 자신을 운전하고 있는 도수에게 물었다.

"뻥이지?"

요 집요한 녀석 같으니.

도수는 고개를 젓고는 식탁에 앉아 있는 임숙영을 보았다. 김광석은 도대체가, 집에 들어오는 날이 없었다. 왜 가족들이 힘들지 저절로 납득이 가는 도수였다.

'살아 있을 때 잘해야 하는 법인데.'

씁쓸한 생각을 지운 그가 식탁에 앉으며 말했다.

"성적 나왔어요."

임숙영의 시선이 와서 박힌다.

그러자 도수가 젓가락을 들고 말을 이었다.

"실기는 합격."

"……!"

"필기도 380점 만점이에요."

"뭐?"

똑같이 놀라는 임숙영.

김해리 역시 눈을 동그랗게 뜨고 중얼거렸다.

"…진짜였어……."

임숙영한테까지 농담을 던질 리는 없으니.

도수가 젓가락을 상에 탁탁! 친 뒤 반찬으로 가져가며 대수롭지 않게 말했다.

"이제부턴 의사란 뜻이죠."

아무렇지 않은 어조로 혼잣말을 했지만.

도수의 마음속에선 뜨거운 무언가가 꿈틀거리고 있었다.

한국에서 온 뒤로 얼마나 참고 있었던가?

오직 환자와 자신만 있는 그곳. 피 냄새가 진동하는 생과 사의 기로에서 세상 모든 걸 잊고 오로지 칼끝에 몰입해 전율하던 순간을.

지옥 깊은 곳까지 손을 쑤셔 넣어 생명을 끌어 올릴 때의 희열을!

부르르.

어깨가 떨려왔다.

그 모습을 보던 임숙영은 수저를 내려놓고 입가에 쓰디쓴 미소를 머금었다.

"축하한다. 말하는 표정이 해리 아빠랑 비슷해……. 넌 좋은 의사가 될 거다."

좋은 가장이 될 순 없겠지만.

뒷말을 삼킨 그녀가 물었다.

"그래, 그럼 어느 병원에 가려고? 의대를 졸업한 건 아니라도 국시에서 만점을 받았으니 네가 원하는 병원이면 다 갈 수 있을 텐데. 역시… 천하대병원이겠지?"

천하대병원은 국내에서 가장 큰 병원이다.

커리어를 쌓기 위해 대학병원에 가고자 하는 모든 의사들이 희망하는 꿈의 직장인 셈이다.

도수가 입을 열려는 그때.

불쑥 전화벨이 울렸다.

띠리리리— 띠리리리.

임숙영의 핸드폰이었다.

"잠시만."

그녀가 전화를 받았다.

그러자 수화기 반대편에서 김광석의 목소리가 어렴풋이 들려왔다.

—도수는 어떻게 됐어?

"합격했어요. 만점으로."

임숙영은 간결하게 대답했다.

잠시 침묵이 이어지고.

김광석은 앞선 두 사람처럼 놀라지 않았는지, 담담하게 말했다.

—축하한다고 전해줘. 그리고…….

그가 덧붙였다.

—도수 아버지 유품을 찾았다고도. 병원장님이 그의 논문을 갖고 계셨다고 말해줘.

"논문이요?"

—그래.

다시 침묵하던 김광석이 말을 이었다.

─내 생각보다 훨씬 복잡한 일이 얽힌 것 같더라고. 왜 도수의 부모님이 라크리마까지 가서 의료봉사를 하고 있었는지에 대한 의문은 풀렸지만… 아무래도 벌집을 건드린 것 같다.

*　　　　　*　　　　　*

임숙영의 말을 전해 들은 도수는 무슨 말을 하려던 건지 잊어버렸다.

그리고 다음 날 바로 김광석이 근무하고 있는 아로대학병원으로 찾아갔다.

하지만 김광석을 만날 순 없었다.

"센터장님은 지금 안 계세요."

또 헬리콥터를 타고 환자가 있는 곳으로 출동을 나간 모양이다.

"기다리겠습니다."

대답한 도수는 김광석의 연구실로 향했다. 그런 그때.

시끌시끌.

복도 건너편에서 여러 명의 의사들이 몰려오고 있었다. 도수가 무심코 지나치려는데.

그중 한 명이 발목을 잡았다.

"아주 제집 드나들 듯이 드나드는구먼."

"야……!"

"듣겠다!"

누군가 속삭이며 주의를 줬지만 그는 그치지 않고 도수에게 다가왔다. 언제 핀잔을 던졌냐는 듯 만면에 미소를 지으며 손을 내미는 그.

"시험 붙은 거 축하합니다."

자주 드나들어서 그런지 이미 아로대학병원 사람들 대다수가 도수의 정체를 알고 있는 듯했다.

하지만 도수는 그 손을 잡지 않았다.

"누구신지."

"아, 전 아로대학병원 정형외과 인턴 천태백입니다."

"네. 그런데요."

"이것 참, 축하한다는 사람한테……."

손을 회수한 천태백이 말을 이었다.

"뭐, 어쨌든. 언제 한번 만나면 선배로서 알려주고 싶었습니다. 모두가 그쪽을 반기는 게 아니라는 걸. 언론이나 여론의 지지를 받는 분이니 스타병에 걸릴 수도 있겠지만 우리 집단은 당신이 생각하는 것과 달리……."

"그만."

언제까지 이딴 참견을 듣고 있어야 한단 말인가?

도수가 말을 자르자 천태백의 안색이 순식간에 붉어졌다. 이런 식으로 말허리를 자르고 들어올 줄은 상상도 못 했던 것이다.

"지금 뭐라고······."

"오지랖입니다."

제3장

미완의 논문

도수는 천천히 말을 이었다.

"그쪽이나 그쪽이 속한 집단이 날 아니꼽게 생각하든 말든 전혀 관심 없거든요. 됐습니까?"

"......!"

두 사람의 시선이 부딪쳤다.

도수는 무감정한 눈빛으로 천태백을 응시했다.

그 눈길을 받은 천태백은 온몸이 얼어붙는 느낌이었다. 그러나 지금은 동기들이 지켜보고 있는 상황.

간신히 눈을 피하지 않은 천태백의 입매가 일그러졌다.

"김광석 교수님과 친한 것 같던데. 우리 병원에 올 생각은 아예 없나 보죠?"

뭐라고 한 거지?

자기도 모르게 횡설수설하고 말았다.

그러나 도수는 여전히 고요하게 되물었다.

"대답해야 합니까?"

으드득.

천태백은 이를 갈았다. 망신을 주려고 했는데 망신을 당한 셈. 상대를 베려던 칼에 자신이 베인 것이다.

설상가상으로 도수의 입가에는 미소가 스쳤다.

"다음에 다시 볼 일 없길 바라시죠."

그렇게 말하고 옆을 지나치는 도수. 그를 맞닥뜨린 동기 인턴들이 우르르 비켜섰다. 도수가 완전히 지나간 후에야, 뒷모습을 보던 인턴 한지혜가 중얼거렸다.

"워… 성격 장난 없네."

"그러게. 대박이다."

"저런 성격으로 병원에 적응할 수 있을까?"

"천 선생이 너무하긴 했어. 그래도 난 좀 충격. 눈 한 번 깜짝 안 하대."

저마다 혀를 내두르는 인턴들.

그러나 망신살 뻗친 천태백만은 주먹을 굳게 쥔 채 부들부들 떨었다.

'이 개새끼가······!'

동기들 앞에서.

완전히 개망신을 당한 것이다.

그것도 태어나 한 번도 당해본 적 없는 모욕을.

'제발 우리 병원으로 와라, 제발······!'

다른 곳으로 간다 해도 지위 고하가 정확한 병원 체계에 적응하지 못할 테지만, 반드시 아로대학병원으로 왔으면 좋겠다.

천태백은 그렇게 생각했다.

자신 있으니까. 손 안 대고 코 풀 자신이.

'수술 실력이 다가 아니라는 걸 보여주마.'

도수의 등을 좇는 천태백의 시선에 냉기가 피어올랐다.

*   *   *

도수는 시답잖았다. 그래서 방금 있었던 일을 기억에서 지우고 김광석 교수 연구실 문 앞에 섰다.

철컥.

문이 열리지 않는다.

"아."

도수는 그제야 깨달았다.

평소에는 잠겨 있구나.

민망해진 그는 몸을 돌려 휴게실로 갔다.

'이런.'

그가 걸음을 멈췄다.

휴게실에 웬 여의사가 홀로 커피를 홀짝이고 있었던 것이다.

몸을 돌리려는데, 하필이면 눈이 마주쳤다.

"이도수 씨?"

도수가 다시 돌아섰다.

"…네."

"전 레지던트 1년 차 강미소예요."

여의사, 강미소가 이어 물었다.

"잠깐 시간 돼요?"

"……?"

도수 입장에선 황당했다.

생전 처음 보는 여의사가 그에게 무슨 볼일이 있단 말인가?

"무슨 일이신지."

"김 교수님을 찾아왔다는 거 알고 있어요. 이유도 알고 있죠."

"이유……?"

"그래요. 논문 때문이죠?"

도수의 눈빛이 매섭게 변했다.

"논문에 대해 알고 있습니까?"

"전 잘 몰라요. 우리 아빠가 알죠. 이 정도면 시간 내줄 이유가 충분한가요?"

우두커니 선 도수는 머릿속을 정리했다. 김광석은 분명 병원장을 통해 아버지 소식을 들었다고 했는데.

"병원장님이 가족입니까?"

"아뇨. 병원장님의 수족 같은 분이 우리 아빠죠."

"교수."

"그래요. 교수 중 한 분이세요."

조금 더 들어볼 필요가 있다. 왜 논문 이야기가 거기까지 퍼져 나간 것인지.

도수는 의자를 끌어다 앉았다.

그러자 강미소가 물었다.

"마실 거라도?"

"됐습니다."

도수가 주제를 바꿔 물었다.

"제게 해줄 얘기가 있습니까?"

"이야기는 아니고. 얼마 전에 병원장님이 아빠한테 논문 하나를 주셨죠. 원래 이도수 씨 아버님 것이라고 하시더군요."

"그럴 겁니다."

김광석의 말로는 병원장이 논문을 가지고 있다고 했으니까.

그녀가 말을 이었다.

"그 논문을 읽어봤어요. 혹시 바티스타 수술(Batista Operation: 심실성형술의 일종)에 대해 알고 있어요?"

도수가 고개를 저었다.

그러자 강미소가 말했다.

"수술에 대해선 논문에 나와 있으니 각설하고. 이 수술은 아직 안정성과 유효성을 인정받지 못한 미완의 수술이죠."

바티스타 수술에 대한 논문이라는 뜻.

도수가 물었다.

"그런데요?"

"그 논문은 이 바티스타 수술을 완성시킨 새로운 수술법에 대한 논문이에요."

"지금 주시죠."

도수가 부리나케 말하자 강미소가 고개를 끄덕였다.

"그래야죠. 어차피 제자리로 돌려놓을 생각이었으니까."

그녀는 자리에서 일어나며 덧붙였다.

"따라와요. 아버지 논문을 돌려줄게요."

강미소의 뒤를 쫓은 도수는 다시 김광석의 연구실 앞에 섰다.

"여긴 왜……?"

"전 김 교수님 연구 보조를 하고 있거든요."

그녀는 자연스럽게 열쇠를 꺼내서 연구실 문을 열었다. 그러고는 도수에게 말했다.

"들어와요."

도수는 따라 들어가며 물었다.

"그전에 왔을 땐 안 계셨는데요."

"우린 응급외상센터 소속이에요. 연구하는 시간보단 환자를 보는 시간이 압도적으로 많죠."

"아아."

도수는 납득이 갔다.

지금만 해도 김광석은 출동한 상태.

집에는 한 달째 들어온 적이 없다.

강미소의 사정 역시 다르지 않을 것이다.

도수를 연구실 안쪽으로 데려간 강미소는 서랍을 열어 논문을 꺼냈다.

"일단 앉아서 한번 읽어봐요."

고개를 끄덕인 도수는 엉덩이를 붙이고 논문을 차근차근 읽었다. 그녀 말대로 논문은 바티스타 수술에 관한 내용이었다. 나라별로, 환자별로 케이스가 정리되어 있었다.

"가난한 나라들을 돌아다니면서 수술을 하셨군요."

"그러셨던 것 같아요."

팔락.

"수술 후 예후도 좋았고요."

"맞아요."

탁.

논문을 덮은 도수가 물었다.

"그런데 왜 논문을 발표하지 못했을까요?"

"제가 훔쳐 들은 바에 의하면 '수술 대상자가 전부 외국인이라서' 발표하지 못했다고 들었어요."

"그게 타당한 이유가 되나요?"

"글쎄요. 되더라고요. 타당한 이유가."

"제 생각엔 아닌데."

"제 생각도 마찬가지. 그래서 뭔가 있다 싶었고, 이도수 씨한테 논문을 돌려 드린 거예요. 여기까지가 논문을 돌려 드린 경위고. 이제부턴 제가 들은 이야기예요."

도수가 잠자코 기다리자 그녀가 말을 이었다.

"논문을 발표하지 못한 이도수 씨 아버지는 국내 환자들을 대상으로 수술한 뒤 다시 논문을 쓰려고 했어요. 하지만 복지부의 방해를 받아서 환자도 배정받지 못하고 떠나야 했죠."

"복지부?"

"그래요. 카바 수술이 그랬듯 복지부에서 비급여 고시 폐지 처분을 내렸어요. 사실상 수술을 금지시킨 셈이죠. 그래서 이도수 씨 부모님이 회의감을 느끼고 한국을 떠난 거예요."

도수는 다시 한번 논문을 훑었다. 아직 완전히 끝맺음 되지 않았기에 전산이 아닌 문서로 남은 논문을.

그를 빤히 응시하던 강미소가 흥미진진한 미소를 띠며 물었다.

"이건 제 생각인데 안정성과 유효성은 충분했어요. 만약 수술이 금지되지만 않았더라면 심장이식이 필요하지만 대체할 심장이 없는 수많은 확장성 심근병증 환자를 살릴 수 있었겠죠. 그럼에도 불구하고 복지부가 막았다?"

딱 들어도 구린 부분이 있다.

그 사실을 인지시킨 강미소가 말을 이었다.

"병원장님과 우리 아빠는 논문을 바로 돌려주지 않았죠. 김 교수님을 통하면 되는데. 그 논문을 들고 무슨 이야기를 하고 있었던 걸까요?"

도수가 검지와 중지를 폈다.

"두 가지."

"네?"

"첫째, 그쪽 말대로라면 그쪽 아버지가 구린 일에 연루됐을 수도 있다는 건데 왜 저한테 논문을 돌려줬으며, 이런 이야길 해주는 겁니까?"

허락받고 논문을 가져온 것은 아닐 터.

그렇다면 그녀 아버지에게 넘어갔던 논문을 빼돌렸단 건데.

강미소는 입꼬리를 올리며 그 질문에 답했다.

"히포크라테스의 선서를 거친 의사라서? 그리고 이도수 씨에 대해 어마어마하게 궁금한 대한민국 국민 중 한 명이거든요. 마지막 제일 시시한 이유는 김 교수님이랑은 친하고 아빠랑 별로 안 친해서라고 해두죠."

"그렇다고 치고."

도수는 중지를 접고 물었다.

"누가, 왜 논문 발표를 막았던 걸까요? 그리고 어째서 우리 부모님은 외국에서 이 논문을 발표하지 않았던 거죠?"

"……"

강미소라고 그 모든 걸 알 리 없었다. 하지만 그게 질문이 아니라는 것쯤은 알 수 있었다.

그녀의 반응을 확인한 도수는 논문 커버를 톡톡 두드리며 생각에 잠겼다. 그러길 한참.

견디다 못한 강미소가 먼저 물었다.

"논문을 손에 넣었어요. 외국에 나가서 논문을 발표할 건가요? 안 그래도 신개념 수술로 유명한 이도수 씨라면 충분히 신뢰받을 수 있을 텐데."

그녀를 빤히 응시한 도수가 고개를 흔들었다.

"그렇게 되면 지금 품고 있는 어떤 의문도 밝혀낼 수 없어요. 만에 하나 외국에서도 같은 이유로 다시 제재당할 수도 있고. 아버지가 굳이 여기서 논문 발표를 하려 하셨던 게 애국심 때문은 아니었을 거예요."

그럴 것이다.

어차피 외국에서 인정받았다면 국내에도 수술 방법이 들어올 확률이 커졌을 테니까.

"그럼요?"

"아직은, 불안 요소가 있었던 거겠죠."

그렇게 생각하는 게 가장 타당했다.

고개를 끄덕인 강미소가 물었다.

"그렇다고 치고. 앞으로 어떻게 할 생각이에요?"

대화가 길어지자 다소 지친 듯한 기색이다.

이제 결론을 내달라.

그녀 눈빛에 부응한 도수가 입을 열었다.

"논문의 안정성과 유효성을 보완할 겁니다. 그럼 국내 환자들도 수술을 받을 수 있겠죠. 이게 아버지가 바라시던 거고요."

"만약 그게 가능하다면⋯⋯."

강미소의 얼굴에 다시 화색이 돌았다.

"기존 바티스타 수술이 아닌, 바티스타 수술을 토대로 한 새로운 수술법이 탄생할 거예요. 이도수 씨 이름을 붙일 수도 있겠죠."

눈을 반짝이는 게, 과연 그처럼 어마어마한 일을 할 수 있을지 다음 내용을 기대하는 어린아이 같았다.

피식 웃은 도수가 논문을 짚었다.

"이건 제가 가져가겠습니다."

"원래 이도수 씨 거예요."

"은혜는 꼭 갚죠."

"기대할게요."

누가 은혜를 입은 건지는 모르겠지만.

뒷말을 삼킨 강미소는 흥미로운 눈길로 도수를 지켜봤다.

가볍게 목례를 한 도수가 논문을 챙겨서 일어났다. 더 이상 병원에 머물 이유가 사라진 것이다. 막 연구실 문을 열고 나가려던 찰나.

강미소의 목소리가 들려왔다.

"병원은 정했어요?"

"……."

고개를 돌린 도수가 문을 열며 대답했다.

"어디든, 제가 가장 필요한 곳으로 갈 겁니다."

* * *

집으로 돌아온 도수는 방문을 걸어 잠그고 며칠 밤낮을 논문에 골몰했다.

논문을 다시 처음부터 재정립하려는 것이다.

그는 아버지가 논문을 쓸 때처럼 우선 논문의 모태가 된 바티스타 수술 케이스나 관련 문헌을 샅샅이 찾아봤다. 아무래도 초고난도 수술이라 자료가 많지도 않을 뿐더러 확실히 검증되지 않은 부분도 존재했지만, 아버지가 어느 정도 보완해 둔 상태였다.

물론 도수는 거기서 그치지 않고 좀 더 개량된 수술법을 끊임없이 개발하고 시뮬레이션을 돌렸다. 실제로 메스를 들고 사람 몸을 해체하진 않았지만 긴 시간 공을 들여서 도면처럼 과정을 그릴 순 있었다.

오죽 몰입했으면 가족들과 얼굴을 맞대는 시간도 식사 때나 김해리의 공부를 봐줄 때뿐이었다.

한편 도수가 더 이상 모습을 드러내지 않자 언론과 여론은 그의 행보에 대해 각종 추측을 쏟아 내며 촉각을 세웠다. 라크리마의 소년 영웅. 의사 국가고시에서 380점 만점을 맞은 수석 합격자이자, 최연소로 의사가 된 장본인. 이 어마어마한 스펙을 가진 인턴이 어느 병원으로 갈지 귀추가 주목받는 건 당연했다.

그렇게 한 달.

마침내 도수가 현관을 나섰다.

*   *   *

오랜만에 밖으로 나선 도수는 핸드폰부터 개통했다. 다행히 대외적으론 얼굴이 공개되지 않은 상태였기에 길거리 행인들이나 매장 직원들은 그를 알아보지 못했다. 단, '이도수'란 이름을 입력할 때 이야기가 나왔다.

"요새 유명한 소년 의사랑 같은 이름이시네요."

"아, 네."

"나이도 비슷한데 혹시 그분 아니에요? 하하하하."

"하하하하하……."

다른 직원들이 함께 웃음을 터뜨렸다.

그러나 도수는 여전히 무표정으로 앉아 있었다.

"……."

"……."

뻘쭘해진 담당 직원은 얼른 신청서부터 작성했다.

그렇게 핸드폰을 개통한 도수는 아로대학병원으로 가는 길 내내 핸드폰을 붙들고 있었다. 대충 설명서를 읽었는데도 무슨 스마트폰 인터페이스를 익히는 일이 수술하는 것보다 어려웠다.

"음……."

침음하며 스마트폰을 들여다보는 그.

―이번 역은 아로대학병원 앞, 아로대학병원 앞입니다.

방송이 나오고.

치이이이익.

버스 문이 열리자 도수는 그제야 눈을 떼고 차에서 내렸
다.

때마침 시끄러운 사이렌 소리를 울리며 병원 안으로 들어
가는 구급차.

병원복을 입은 채 병원 앞에서 담배를 피우거나 도란도란
이야기를 나누고 있는 환자들.

그들을 지나친 도수는 응급실 안으로 들어섰다.

"오늘도 오셨네요?"

이미 몇 차례 얼굴을 익힌 중년 간호사가 반갑게 인사한다.

도수 역시 가볍게 목례를 했다.

"환자가 들어와서."

그녀가 떠나자 도수는 환자로 붐비는 응급실을 지나서 김
광석 교수의 연구실로 갔다. 다행히 오늘은 연구실 문에 '재실'
로 표시돼 있었다.

똑똑.

문을 두드리자 김광석 교수의 목소리가 들려왔다.

"들어오세요."

철컥.

문을 열고 들어간 도수는 미소를 머금었다.

"저 왔어요."

"그래."

"오늘은 계시네요?"

"곧 나가야 된다. 그보다……."

"……?"

"아침에 천하대병원 이사장님께 전화가 왔다. 소식을 전하려고 집으로 전화하니 벌써 나갔다더구나."

그랬을 것이다. 핸드폰을 만들려고 일찍 집을 나섰으니까.

그나저나.

"천하대병원 이사장님께서 왜요?"

"할아버지니까. 손주 소식이 궁금하시겠지."

"그것뿐인가요?"

"솔직히 말하마."

턱을 괸 김광석이 말을 이었다.

"천하대병원에서 널 탐낸다."

"이미 알고 있던 사실인데. 이미 대답도 했고요."

"넌 국시에서 당당히 수석을 했어. 그것도 만점으로. 언론도 네가 천하대병원에 들어갈 거라고 생각한다."

"그렇겠죠."

심드렁한 도수.

그를 빤히 보던 김광석이 깍지를 풀고 등을 기대며 물었다.

"병원은 정했고?"

"네."

도수가 씨익 웃었다.

"교수님도 들으면 좋아하실 거예요."

"어디길래?"

그렇게 물으면서도 김광석은 그곳이 천하대병원일 거라고 여겼다.

도수는 국가고시에서 만점을 받고 수석을 차지했다. 비록 의대를 나오진 않았지만, 그 이상의 유명세도 있다. 실력도 검증된 데다 여러 병원에서 그를 모셔가려고 탐내는 상황.

개중에는 아로대학병원과 근무 여건부터 비교가 안 되는 천하대학병원도 포함돼 있었다. 더구나 천하대학병원 이사장이 바로 할아버지가 아닌가?

어떤 방향에서 생각해 봐도 천하대병원이 가장 합리적인 선택지였다.

그러나 도수는 즉답하지 않고 말했다.

"미리 말씀드리면 재미없죠."

미리 말을 안 해줬는데도.

진짜 재미없었다.

'지금 이게……'

김광석 교수는 침음을 삼켰다.

인턴 면접관으로 들어온 자신의 앞에 도수가 떡하니 앉아 있었던 것이다.

'결국 온다던 병원이… 우리 병원이었어?'

아로대학병원.

나쁜 선택지는 아니다.

하지만 천하대학병원에 비하면 근무 환경부터 한참 열악한 곳이다.

같은 생각인지, 병원장이 질문을 던졌다.

"국시에서 수석, 만점을 받았죠?"

"네."

"러브 콜이 빗발칠 텐데."

"맞습니다."

도수는 굳이 부정하지 않았다.

그에 병원장이 다시 물었다.

"왜 우리 병원입니까?"

그들은 분명 빤한 대답을 예상하고 있을 터.

하지만 도수는 빤하게 나가지 않았다.

"두 가지 이유가 있습니다."

"두 가지?"

"첫째, 아버지가 남기신 논문 때문입니다."

그는 말을 뱉어놓고 앞에 앉은 병원장과 과장들의 반응을 살폈다.

병원장의 표정은 변화가 없었다.

반면 과장들 중 두 사람의 표정은 미묘하게 달라졌다.

'뭔가 알고 있군.'

도수가 천천히 말을 이었다.

"우연히 논문을 되찾아서 살펴봤습니다. 문제없는 논문이 었어요. 그런데 복지부에선 발표를 막았습니다. 아로대병원에 소속된 누군가의 개입이 있었다는 게 제 생각입니다."

여전히 표정이 한결같은 병원장.

다만 표정이 변했던 두 과장 중 한 명의 미간이 찌푸려졌다.

하지만 병원장의 질문이 끝나지 않은 타이밍이었기에, 다시 물어본 것도 병원장이었다.

"왜 그렇게 생각합니까?"

"그 논문을 본 건 아로대학병원 소속 의사들뿐이었습니다.

그리고 복지부에선 논문에 대한 충분한 검토 기간을 갖지 않고 주제가 된 수술을 금지시켰어요."

"우리 병원에 지원한 이유라고 보기엔 상당히 불순하군요."

"아직 한 가지 이유가 더 남았는데요."

도수는 조금도 위축되지 않았다.

대학병원의 병원장과 과장들이 눈앞에 앉아 있음에도.

그리고 해당 대학병원에 지원한 지원자임에도 전혀 잘 보이려고 하지 않는다.

그 모습을 빤히 보던 병원장이 고개를 끄덕였다.

"마저 들어봅시다."

이내 도수가 답했다.

"전 환자들이 많은 곳에서 근무하고 싶습니다. 그래서 병원들에 대해 조사를 해봤죠. 이곳이 가장 환자가 많더군요. 환자 수에 비해 의사 수도 부족하고."

"병원 내부 자료를 열람할 권한이 없을 텐데……?"

병원장은 물어보는 동시에 김광석 교수를 보았다. 혹시 내부 자료를 외부인에게 공개했냐는 무언의 질문. 하지만 김광석 교수는 고개를 저었다.

그에 대한 대답은 도수에게서 나왔다.

"아로대학병원 응급외상센터 의사들의 평균 근무 시간이 나온 자료를 봤습니다. 평균 근무 시간이 오버타임이란 건 그만큼 인력난에 시달리고 있다는 뜻이기도 하죠."

"아······!"

몇몇 과장들이 감탄사를 터뜨렸지만.

병원장은 이번에도 동요를 드러내지 않고 말했다.

"지금 본인은 인턴에 지원하는 겁니다."

"그런데요."

"어딜 가나 인턴이 할 수 있는 일은 상당히 국한되어 있습니다. 그건 어느 병원이든 같죠. 인턴은 어디까지나 수련의 신분이니까요."

"물론 수련이 필요하다고 생각합니다."

깔끔하게 인정한 도수가 말을 이었다.

"하지만 그건 실무에 대한 수련일 뿐, 인턴도 엄연히 의사 면허를 받은 의사라고 생각합니다."

"끙."

과장 하나가 중얼거렸다.

"앞날이 훤히 보이는구먼."

그뿐만이 아니었다.

다들 도수를 보며 고개를 절레절레 젓고 있었다.

그가 들어오면 병원에 어떤 영향을 미칠지, 면접만 봐도 느낌이 왔다. 그야말로 미꾸라지 한 마리 잘못 들여서 잘 흐르던 냇물이 흙탕물이 될 수 있다는 생각들이었다.

하지만 도수는 굳이 자신을 숨기지 않았다. 숨길 이유가 하나도 없었다.

"전 제가 응급외상센터가 있는 아로대학병원에 최적화된 인재라고 생각합니다. 이력서를 보시면 아시겠지만 전 외상에 관해선 누구보다 많은 경험을 가지고 있거든요."

그 말은 이 자리 모두가 인정하는 바였다. 김광석을 제외한 이곳 누구도 전쟁을 경험한 적은 없으니까. 가장 많은 외상 환자들이 있는 곳이 바로 전쟁터다.

"알겠습니다."

병원장이 입을 뗐다.

"그만 나가보세요."

자리에서 일어난 도수는 고개를 숙여 보이곤 면접장을 나갔다.

타악.

문이 닫히자 병원장이 양측을 보며 물었다.

"어떻게 보십니까?"

"딱 봐도 골치 아픈 성격입니다."

"저런 친구를 우리 집단에 들이는 건 안 될 말입니다."

"종잡을 수 없습니다."

쏟아져 나오는 반대들.

정작 세 사람만 말이 없었다.

김광석과 병원장, 레지던트 강미소의 아버지인 강인혁이다.

그들 중 가장 먼저 입을 연 건 김광석이었다.

"하지만 외상에 관한 그 누구보다 뛰어난 인재라는 건 의심할 여지가 없습니다. 저조차도 이도수 선생에 비하면 수술 초보라는 생각이 들 정도였으니까요."

"하지만⋯⋯!"

다른 과장이 반발하려는 순간.

강인혁 과장이 나섰다.

"전 저 친구에 대해 잘 모릅니다. 하지만 저 친구는 우리 병원을 의심하고 있습니다. 복지부랑 짜고 자신의 아버지 논문을 어떻게 했을 거라고. 이런 쓸데없는 음모론은 괜히 키워봐야 좋을 게 없습니다. 가만히 있을 성격도 아닌 것 같고요. 어차피 인턴이니 받아들이시죠. 만약 적응하지 못하면 본인이 떨어져 나갈 겁니다."

그제야 다른 과장들이 입을 닫았다. 이 대목만 봐도 밖에서 굴러먹다 들어온 김광석 교수보다 강인혁 과장의 영향력이 압도적이란 것을 알 수 있었다.

그리고 의견을 쭉 듣던 병원 권력의 정점. 병원장이 마지막으로 결론을 내렸다.

"한번 두고 봅시다. 언론이나 여론도 저 친구 편이니 당장은 병원 이미지에 나쁠 게 없어요. 그 이유 때문에 천하대병원에서도 눈독을 들이고 있는 거고… 과 배정은 두고 봅시다."

도수의 면접 결과가 그 발언으로 정리됐다. 바로 그때, 강인혁 과장이 다시 입을 열었다.

"응급외상센터로 배정 내시죠."

병원장과 과장들이 말없이 그를 바라보자, 그가 나지막이 덧붙였다.

"김 교수 말에 의하면 응급외상센터에 가장 특화된 인재가 아닙니까. 본인도 스스로 그렇게 생각하고 있고요. 김 교수 생각은 어떻습니까?"

모두의 시선이 김광석에게로 움직였다.

눈길을 받은 김광석은 눈을 질끈 감았다.

'적당히 쓰다 내쫓으려고 하는구나!'

응급외상센터에선 하루하루가 위급한 상황들의 연속이다. 매뉴얼을 중요시 생각하는 의사들도 외상센터에 오는 순간 급박한 상황에 치여 숙지하고 있는 매뉴얼을 벗어나기 일쑤였다. 그렇게 하지 않으면 환자를 살릴 수가 없으니까.

이런 상황에서 도수가 응급외상센터로 온다?

실수 한 번이면 끝이다. 언제든지 책잡아서 쫓아낼 수 있게 될 것이다.

하지만 이렇게 된 이상 어느 과를 가든 과장들이 도수를 이뻐할 리 없었다.

'왜 면접 때 그런 노골적인 대답을 해서……'

일개 인턴이 과장들을 주르륵 앉히고 '아로대학병원에 나쁜 놈이 있다!'고 말해 버렸는데 어느 누가 그런 인턴을 반기랴?

김광석은 차라리 자신이 품는 편이 낫다고 판단했다.

"…알겠습니다. 저희 응급외상센터에서 인턴을 시작하는 걸로 하죠."

그렇게 말하면서도 막연한 기대감이 솟구쳤다.

과연 도수가 과장들이나 병원장 생각대로 움직여 줄까?

적어도 라크리마에선 그렇지 않았다. 지금보다 훨씬 더 열악한 환경에서도 거짓말처럼 모든 난관을 넘어섰다.

김광석은 어쩌면 도수가 라크리마에서 그랬듯 현재 병원 체제에 긍정적인 변화를 줄지 모른다는 생각이 덜컥 들었다.

이제 막 인턴이 된 의사 선생에게 거는 기대가 너무 큰 걸지도 모르겠지만.

확실한 건, 도수의 실력을 본 이들이 지을 표정이 눈에 선하다는 것이다.

*   *   *

합격 통보를 받은 도수는 김광석의 집에서 병원으로 거처를 옮겼다.

그 와중에 반가운 얼굴을 만났다.

"어? 넌……!"

예전에 아로대학병원에 처음 들어왔을 당시 도수가 삽관을 도와주었던 응급센터 인턴 임재영이다.

"그때 그 닥터?"

"하하하, 맞아. 그땐 진짜 고마웠다. 우리 병원에 오기로 했다고 얘긴 들었는데… 처음부터 응급센터 배정된 거야?"

도수가 고개를 끄덕이자 그가 2층 침대에서 내려서며 말했다.

"너도 고생길 열렸네. 아무튼 이렇게 보니 진짜 반갑다! 난 스물아홉 살이고 이름은 임재영이야. 알고 있겠지만 너랑 같은 인턴이지."

악수를 청하는 임재영.

도수와는 무려 열 살 차이였다.

손을 맞잡은 도수가 주위를 돌아보며 물었다.

"전 이도수. 나이는 열아홉이요. 여기서 같이 지내야 하는 거죠?"

"응. 좀 누추하지? 얼마 전에 같이 있던 인턴이 나가는 바람에 청소를 안 해놨는데……."

"아뇨."

도수는 고개를 저었다.

"대학병원이라 그런가. 이 정도면 훌륭한데요."

한국에 온 뒤로 김광석의 아파트에서 지내며 안락한 생활을 누렸지만 아직 라크리마에서의 생활이 고스란히 남아 있는 도수였다. 난민 막사에서 지내던 것에 비하면 인턴 기간 동안 배정받은 숙소는 호텔이나 다름없었다.

"그래, 뭐… 아무튼 얼른 준비하자고."

고개를 끄덕인 도수는 흰색 의사 가운을 입고 왼쪽 가슴의 포켓에 색깔별로 펜을 꽂았다.

달각.

신분증을 달고 청진기를 목에 두른 그는 거울 앞에 섰다.

'의사?'

도수는 피식 웃었다.

그런 감투가 무에 중요하랴.

그저 필요에 의해 취득했을 뿐이다.

이제 마음껏 사람들을 치료할 수 있다는 사실이 가슴을 뛰게 만들었다.

"가자."

임재영이 문을 열었고.

두 사람은 응급실로 나갔다.

제4장
도수의 묘수

응급실 안에서 사이렌 소리가 들렸다.

환자가 실려 올 때마다 의료진들이 분주해졌다.

레지던트 이시원은 도수를 세워놓고 말했다.

"네가 어디서 왔는지 다 들었다."

"네."

"인턴이 지켜야 할 룰은 한 가지."

"……?"

"아무것도 하지 마라."

대뜸 아무것도 하지 말라니.

도수의 미간에 주름이 잡히자 그가 말을 이었다.

"환자가 오면 환부랑 증상만 확인하고 해당 과 선생님들한 테 콜해서 보고해. 그리고 선생님들이 오기 전까진 환자 옆에 딱 붙어서 지켜봐라. 그게 네가 해야 할 전부야."

도수가 뭐라고 대답을 하기도 전에 이시원은 스트레처 카로 달려갔다.

구조대원이 다급하게 말했다.

"72세 간암 말기 판정받은 환자입니다. 십오 분 전에 자택 에서 쓰러졌습니다."

이시원의 안색이 검게 물들었다.

앙상하게 마른 몸, 얼굴은 노랗게 떠 있었다. 복수가 찼는 지 배가 부풀었고 배꼽은 볼록하게 튀어나와 있다.

의심할 여지가 없는 간암 말기 환자.

치료는 불가능하다.

"……."

그가 고개를 돌리는 순간.

간암 환자가 말했다.

"여기가 갑자기 아픕니다. 아파요……!"

환자가 윗배를 부여잡으며 나 죽어라 소리를 질렀다.

'암성 통증.'

이시원은 그렇게 확신했다.

"진통제를 드리겠습니다."

그가 할 수 있는 일은 그것뿐이었다.

그는 컴퓨터로 기본 오더를 입력하고 진통제를 추가했다. 그리고 도수에게 말했다.

"내과 호출해."

고개를 끄덕인 도수가 스테이션에 서서 내과로 전화를 걸었다.

"응급실 인턴 이도숩니다."

—어, 그래. 환자는?

"간암 말기 환자입니다."

—곧 사망진단서 쓰겠네.

"……."

내과 전문의의 어조는 건조했다. 도수가 대답하지 않자 그가 덧붙였다.

—내려갈게.

전화가 끊어졌다.

하지만 도수는 암 환자에게서 눈을 떼지 못하고 있었다.

샤아아아아아.

투시력을 쓰고 있는 것이다.

'간암 환자.'

수술한다 해도 살릴 수 있을지 확신할 수 없다.

라크리마에서 봤던 할리 무어 장군보다도 심각한 수준이었다.

'…근데 간암이 끝이 아니야.'

도수는 어느새 다른 환자를 보고 있는 이시원에게 가서 말했다.

"방금 그 간암 환자, 심전도 검사를 해보시죠."

"심전도?"

이시원의 표정이 휴지 조각처럼 구겨졌다. 안 그래도 일반인 신분에 응급실에 와서 기도 삽관에 관여했다는 소문을 들었던 참이다.

"내가 방금 전에 쓸데없이 나서지 말라고……."

나무라려는 찰나.

고통을 호소하던 암 환자의 한마디가 떠올랐다.

"여기가 갑자기 아픕니다. 아파요……!"

환자는 명치 쪽을 부여잡고 있었다.

그 장면이 떠오르자 덜컥 불안감이 솟구쳤다.

'설마……'

도수가 심전도를 해보라는 이유.

바로 심장에 이상이 있을 수 있다는 뜻이다.

그렇게 가정한 이시원은 큰 실수를 범할 뻔했다는 사실에 가슴이 철렁 내려앉았다. 맡은 환자가 너무 많은 데다 새로운 환자도 끊임없이 들어오고 있는 상황. 바쁘단 이유로 '말기 암 환자'라는 한마디에 그저 암성 통증이러니 넘겨짚고 지나친 것이다.

명백한 실수.

아무리 죽음이 확실시된 환자라 해도 '암'으로 죽는 것과 의사가 놓친 '다른 질환'으로 죽는 것은 경우가 다르다.

해서 그는 노선을 바꾸었다.

"심전도는 왜?"

"급성심근경색이 의심됩니다."

분명 희귀한 케이스다.

간암 말기 환자에게 급성심근경색이 같이 오는 경우.

하지만 오지 말란 법도 없었다.

이시원은 표정을 고치며 말했다.

"네 말대로 심전도 검사해 봐."

"네."

간결하게 대답한 도수는 간암 환자에게 심전도 검사를 실시했다. 그러자 환자가 극심한 고통을 호소했다. 또한 사진에선 썩어 들어가고 있는 심장이 나타났다.

이미 투시력으로 환자의 상태를 파악하고 있었던 도수는

놀라지도 않고 이시원에게 심전도 사진을 가져다주었다.

덜컥.

이시원의 심장이 내려앉았다.

"…여기서 환자분 좀 보고 있어."

그는 환자를 처치하다 말고 스테이션으로 달려가서 전화를 걸었다.

혈관조영술을 요청하려 하는 것이다.

뒤에 남겨진 도수는 눈앞의 환자를 빤히 보았다.

예닐곱 살쯤 됐을 법한 어린아이.

눈이 마주치자 살짝 미소 지어준 도수가 투시력을 발휘했다.

샤아아아아아아.

목에 굵은 생선 가시가 걸려 있었다.

"입 벌려볼래?"

소독을 하고, 남자아이의 목에서 가시를 빼냈다. 마치 서랍에서 물건을 꺼내듯 손쉽게.

단번에 가시 위치를 찾아냈기에 아이는 조금도 아프지 않았다.

"우… 어? 우와! 저 이제 아무렇지도 않아요!"

눈물 자국이 고스란히 남은 상태로 활짝 웃는 남자아이.

이시원이 가시 위치를 파악하는 데 꽤나 시간을 잡아먹었을 터. 그동안 아이는 적잖은 고초를 겪었을 것이다.

아이 부모님 역시 얼굴에 웃음꽃이 피었다.

"아이고, 선생님. 감사합니다!"

아이 어머니가 말했고.

아이 아버지는 간암 환자에게 달려간 이시원을 눈짓하며 농을 던졌다.

"저 선생님보다 훨씬 어려 보이는데 실력은 훨씬 좋습니다 그려."

아마 도수가 인턴이고 이시원이 레지던트인 줄 알았다면 이런 말은 못 할 텐데.

피식 웃은 도수는 아이의 머리를 헝클어뜨리곤 자리에서 일어났다.

"이제 가보셔도 됩니다."

그러고는 환자들을 훑었다.

방금 전처럼 눈을 피해 순식간에 해치울 수 있는 환자들부터 치료할 목적으로.

엄연히 주치의가 있었기에 걸리지 않을 순 없겠지만 당장은 손이 한참 달리는 응급실에 단비가 될 수 있을 터였다.

그럼 더 많은 환자를 살릴 수 있을 테고.

결국 이런 시간 절약들이 사람의 생사를 결정하기에 이를 것이다.

도수가 손등이 찢어진 채 거즈를 대고 기다리는 열상 환자를 발견한 그때.

간암 환자 옆에 붙어서 턱을 감싸 쥐고 있던 김광석 교수가 결단을 내렸다.

"수술하지."

그러자 곁을 지키고 있던 내과 전문의와 심장내과 레지던트가 화들짝 놀랐다.

"수술하신다고요?"

"교수님, 이 환자는 도저히 손댈 수 없는 상태 아닙니까?"

그 의견은 틀리지 않았다.

눈앞의 간암 환자 정도면 복수를 빼주고, 관장을 해주고, 진통제를 주는 정도의 기계적인 처치만 가능한 수준이었다. 그렇게 연명하다 죽음을 맞이할 수밖에 없는 환자다.

의사라고 해도 모든 환자를 고칠 순 없는 노릇.

이런 안타까운 상황에 일희일비하면 오래도록 멘탈 관리를 할 수 없다.

의사기에 냉정한 판단을 해야 할 땐 냉정한 판단을 내려야 하는 것이다.

그런데 김광석은 수술을 고집하고 있었다.

"대체 왜……."

전문의는 이해하지 못했다.

이 정도 말기 암 환자는 살릴 수 없다.

그런데 급성심근경색까지 왔다면 그건 당장 죽어도 이상하지 않은 상태인 셈이다.

분명 몸이 못 버틸 텐데.

센터장급 되는 인사가 수술을 하겠다니 적극적으로 말리지도 못하는 상황이었다.

어차피 수술할 경우 모든 책임은 주치의에게 있으니까.

그 사실을 빤히 알면서도 김광석은 도수를 보고 있었다.

눈이 마주친 도수는 가볍게 끄덕였다.

그리고 이내.

김광석이 입을 열었다.

"어쩌면 살릴 방법이 있을 것 같다."

그 순간.

태블릿을 확인하고 있던 내과 전문의가 치고 들어왔다.

"교수님."

"음?"

"이 환자분, 저희 과장님이 주치의셨습니다. 간암 발견 당시 이미 수술이 힘든 단계라서 색전술로 치료를 받으셨고요."

간암 화학색전술(Transarterial Chemoembolization)을 말하는 것이다. 간암 세포에 영양을 공급하는 동맥을 찾아 그곳에 항암제를 투여하고, 해당 혈관을 막는 치료다. 목적은 암 조직의 괴사.

김광석은 입을 달싹이다 물었다.

"당시 반응은?"

"세 번 받으셨고 반응도 괜찮았습니다. 그런데 문제가 생겼습니다. 2018년에 치료를 시작했는데 2019년에 임파선 전이가 왔습니다."

임파선 전이.

그 자체만으로도 의미하는 바가 컸다.

간암 전이는 다른 암들과는 다르게 대개 림프관이 아닌 혈관을 통해 전이가 된다. 그래서 림프관을 통해 임파선까지 전이되는 일이 거의 없다. 보통 이렇게 되면 다른 장기들까지 전부 전이가 됐다고 판단, 4기로 분류한다.

4기 환자는 수술해도 재발 가능성이 크다.

"치료가 힘들다고 판단했겠군."

김광석의 말에 내과 전문의가 고개를 끄덕였다.

"맞습니다. 의견이 분분했던 걸로 압니다. 항암제만 쓰자, 방사선 치료만 하자. 그런데 지금은 그때보다 훨씬 더 상태가 악화됐습니다."

그럴 것이다.

복수가 차고 황달이 나타나고 간성혼수가 오는 단계라면 이미 길어야 두 달, 대개 한 달 남짓 수명이 남았다고 판단한다. 이 환자 역시 한 달 내에 급사할 것이다. 하지만.

'저 녀석이라면 할 수 있을지도 모른다.'

김광석은 다시 한번 도수를 보았다. 녀석이 현실적으로 불가능한 상황에서 환자를 여러 차례 살리는 것을 두 눈으로 목격했다.

김광석조차 어떻게 살린다는 건지 막막한 상황이었지만 막연한 희망이 생기는 것이다. 그리고 작은 확률의 희망이라도 환자를 살릴 수만 있다면 걸어볼 만했다.

"내과과장님이 주치의라고?"

"네."

아로대학병원 내과과장은 대단한 실력파다. 그만큼 본인 실력에 대한 자부심이 있었다. 다시 말해 설득이 쉽진 않을 터였다. 하지만 환자의 생존을 위해서라면 수십 번이고 설득해야 한다는 게 김광석 교수의 입장이었다.

"내가 한번 말씀드려 보지."

"하지만……."

"이 문제는 내과과장님과 내가 처리할 테니 두 번 말하게 하지 말게."

"……."

내과 전문의는 고개를 숙였다.

"알겠습니다. 그럼 전 돌아가 보겠습니다."

"그래."

환자를 일별한 김광석은 도수에게로 갔다.

"확실한 거냐?"

구구절절 묻지 않아도 도수는 뭘 묻는 건지 알 수 있었다.

"할리 무어 장군보다 훨씬 안 좋은 케이스입니다."

"그렇지."

"수술 전에, 선행돼야 할 일이 있습니다."

"……?"

"간이식이 불가피합니다."

"간이식……."

중얼거리던 김광석이 말했다.

"이식 대상이 아니다. 1기, 2기면 몰라도 4기야. 센터에서 거부할 거다."

남들이 봤을 때 가망이 없던 환자다.

그런 환자에게 간을 주진 않을 터.

도수는 묘수를 생각해 냈다.

"친족에게 공여를 받으면 됩니다."

"친족……!"

왜 그 생각을 못 했을까?

친족에게 이식받을 수만 있다면 굳이 기증센터에서 공여를 받지 않아도 될 터.

하지만 여전히 문제는 남아 있었다.

"환자 주치의는 내과과장이었다. 그를 설득하는 게 먼저야."

"설득되지 않는다면요?"

"강행할 경우, 실패하면 큰 책임을 져야 할 거다."

"더 늦지 않고, 친족에게 간을 공여받을 수만 있다면 실패하진 않을 거예요."

"……!"

김광석은 그럴싸하게 들렸다.

"간을 공여받을 수 있다고 쳤을 때. 재발하지 않을까? 아니, 환자 몸이 이식을 버틸 수 있을까?"

김광석이 물었고 도수는 짤막하게 대답했다.

"그건 환자에게 달렸겠죠."

도수는 투시력을 쓴 상태로 환자 쪽을 보았다. 이곳은 병원. 라크리마에서처럼 아무런 '의학적 근거' 없이 환자 배를 열 순 없었다.

"우리 몫은 할 일을 하는 겁니다. 일단 조직검사를 해서 암의 캐릭터를 파악해 보죠."

암의 캐릭터.

공식적인 용어는 아니지만 '종양의 성격이 어떤지' 표현하는 용어다.

간세포암은 종양의 성격이 가장 중요하다. 일 센티미터 크기라도 캐릭터가 나쁜 종양은 예후가 좋지 않고, 십 센티미터라도 캐릭터가 좋은 종양은 예후가 좋은 편이다.

"조직검사에서 성격 나쁜 종양이라는 게 밝혀지면?"

"그럴 리 없어요. 환자는 종양이 임파선으로만 전이됐습니다. 다른 장기는 깨끗하고요. 만약 성격이 나쁜 종양이었다면 이미 전신에 퍼졌을 겁니다."

"너, 어떻게 임파선으로 전이된 걸……!"

분명 도수는 환자의 기록을 보거나 듣지 못했을 터.

그러나 도수는 뻔뻔하게 둘러댔다.

"다 들렸어요. 그 내과 전문의가 하는 말."

사실 태블릿을 보고 설명하는 장면으로 유추한 것이지만.

김광석은 입을 벌리고 있다가 물었다.

"귀가 밝아서 들었다 치자. 다른 장기에 전이되지 않은 건 어떻게 알아?"

"환자 상태를 봤잖아요."

"뭐?"

"아시다시피 제 감각은 날카로운 편이죠."

"그게 무슨 헛소리야?"

감으로 어떤 장기에 암이 전이됐는지 안다고?

말도 안 되는 말을 늘어놓던 도수는 아예 막 나갔다.

"말씀드렸잖아요."

"뭘 말이냐."

"전 압니다."

"……?"

"전 다 안다고요."

빙그레 웃은 도수가 말을 이었다.

"조직검사 해보시죠."

"후."

"실랑이하고 있을 시간 없잖아요."

"좋다."

김광석은 이제 슬슬 내성이 생기는지 의외로 쉽게 받아들였다.

"일단 내가 CAG(Coronary Angiography: 관상동맥조영술)를 하고 PCI(Percutaneous Coronary Intervention: 경피적관상동맥중재시술)로 심근경색을 잡을 거야."

CAG는 혈관 어디가 막혔는지 찾는 것. PCI는 막힌 혈관을 뚫어주는 시술이었다. 국소마취만 하고 진행하기 때문에 간에 부담이 덜할 것이다.

고개를 끄덕인 도수가 대답했다.

"제가 그동안 조직검사 의뢰하고 친족인 공여자 찾아서 동의받아 놓겠습니다."

굳이 말하지 않아도 손발이 척척 맞았다.

김광석은 살갗이 찌릿찌릿했다.

'이 녀석과 함께라면……'

어쩌면 구할 수 없었던 목숨들까지 구해낼 수 있을 것 같았다.

전율.

도수를 보고 있노라면 그런 감정이 심장을 뛰게 한다.

하지만 그건 김광석 입장.

두 사람의 모습을 지켜보고 있는 이시원은 경악한 표정이었다.

'이게 무슨……'

도수는 인턴이다.

수술을 잘한다 해도 어디까지나 인턴.

반면 환자는 간암에 말기다. 어떤 권위자가 와도 해결하지 못할, 죽음을 한 달도 남기지 않은 상태다.

그런데 도수는 살릴 수 있다고 한다. 어디에 암이 전이됐는지 자긴 다 안다고 한다. 어떤 '의학적 근거'도 없이 말이다.

물론 조직검사를 해보면 알 일이지만.

이시원은 평소 엄한 성격의 센터장이 왜 인턴의 근거 없는 허세를 받아주는지 도저히 이해가 되지 않았다. 아무리 라크리마에서 함께 동고동락을 했던 전우라고 해도, 그곳에서 둘만 아는 어떤 일이 있었다고 해도 이건 아니었다.

"교수님……."

그 말을 김광석이 잘랐다.

"어떤 생각을 하고 있을지 안다."

"……."

"나도 처음엔 너랑 같은 생각들을 했으니까."

입꼬리를 미미하게 올린 김광석이 천천히 말을 이었다.

"하지만 곧바로 수술한다는 것도 아니고 검사해서 손해 볼 건 없잖아? 저대로 두면 한 달도 채 못 버틸 환자다. 살릴 수 만 있다면 뭐든 못 할까."

"하지만……."

"가족들도 같은 생각이라면 아무 문제 없다고 본다. 이 선생은 도수랑 같이 가서 가족들에게 잘 설명하나 보도록 해. 임재영한테 수술방 잡고 CAG, PCI 준비하라고 일러두고."

임재영은 이미 몇 달간 인턴 생활을 해본 경험이 있었기에 수술 준비 정도는 충분히 할 수 있었다.

하지만 문제는 다른 데 있었다.

"교수님, 심장내과 교수님을 호출해야 하지 않을까요? 그리고 엄연히 내과과장님이 전담하셨던 환자인데 말도 없이 수술한다는 게 좀……."

"당연히 의견은 구할 거다. 하지만 그건 내가."

일축한 김광석은 도수를 보며 말했다.

"아마 내과과장님은 반대하실 거야. 아니, 조직검사 결과가 긍정적이라고 해도 대부분 반대하겠지."

"그럼 수술을 못 하나요?"

도수가 묻자 김광석은 고개를 저었다.

"아니. 그건 아니다. 남들이 봤을 땐 가망이 없는 환자야. 지금 와서 누가 데려가려고 할까. 응급으로 왔고, 수술할지 말지는 우리 권한이다."

하지만 주치의였던 내과과장의 반대에도 불구하고 의견을 묵살한 채 수술하게 되면 그의 결론을 정면으로 부정하는 게 된다. 즉, 서로 껄끄러운 관계가 될 수 있다는 뜻이다.

의사 집단에서 의사들의 자존심은 하늘을 찔렀다. 때론 하루에도 수십 명씩 들이치는 환자들의 목숨보다 중요할 때도 있었다.

그래선 안 되지만, 그게 현실이었다.

하지만 도수는 그딴 현실 따윈 관심 밖이었다.

"그럼 됐네요. 빨리 움직이죠."

피식 웃은 김광석이 이시원을 보고 말했다.

"우리끼리 똘똘 뭉쳐서 모두가 포기한 환자 한 명 살려보자고."

"……."

이시원은 뭐라 말하려다 말고 입을 닫았다. 김광석이건 이

도수건 무슨 신흥 종교 집단에 빠지기라도 한 듯 두 눈을 이글거리고 있었던 것이다.

*   *   *

다행히 환자에게는 직장인 아들이 있었다. 그는 아버지가 실려 왔다는 말을 듣고 옷을 갈아입지도 못한 채로 직장에서 달려온 상태였다.

그 모습을 보던 이시원이 말했다.

"인턴, 네가 얘기해라."

그래야 책임을 피할 수 있다.

어디까지나 '수술이 가능하다고' 한 건 도수였으니까.

그는 도수가 인턴답게 망설일 거라고 예상했지만, 도수는 성큼성큼 환자와 보호자에게로 걸어갔다.

그렇게 마주 선 도수가 입을 열었다.

"안녕하세요."

"아! 안녕하세요, 선생님."

"전 이도수입니다. 아버님 주치의는 아니지만 치료를 돕고 있습니다."

"아… 네."

아들이 파리한 안색으로 일어났다.

그런 그에게 도수가 물었다.

"아버님 상태에 관해 잠시 드릴 말씀이 있습니다. 이야기 좀 나눌 수 있을까요?"

병원 내 카페 티 테이블에 마주 앉은 도수가 먼저 입을 열었다.

"아버님은 지금 간이식이 필요한 상황입니다."

그는 질질 끌지 않고 초장부터 본론을 꺼냈다.

아들이 눈을 동그랗게 뜨고 물었다.

"이식이요?"

그러더니 어두운 얼굴로 말했다.

"…전에 병원에서 이미 가망이 없다고 들었는데요. 수술도 힘들다고요."

"일반적인 경우면 그렇습니다."

"'일반적인 경우'요?"

아들의 표정에 균열이 생겼다.

"선생님! 뭔가 방법이 있다는 말씀이세요?"

목소리도 자연스럽게 커진다.

그를 빤히 보던 도수가 고개를 끄덕였다.

"아버님께선 임파선 전이가 있긴 하지만 많이 심하지 않습니다. 그래서 잘 절제하고 건강한 간을 이식하면 문제를 해결할 수 있어요. 물론 광범위한 수술이 필요할 겁니다. 간이식

외에도 간에 있는 암세포는 건드리지 않고 임파선만 제거하는 수술이 필요해요. 이걸 의학적으론 '간문부 근처를 도려낸다'고 표현합니다."

"그러니까, 지금 우리 아버지가 나으실 수 있단 말씀이세요?"

도수가 뭐라고 대답하기도 전에, 아들이 도수의 손을 붙잡았다.

"선생님! 무슨 수를 써서든 살려만 주십시오! 부탁드립니다. 정말 부탁드립니다."

그 모습을 보던 도수는 묘한 감정이 들었다. 아버지를 생각하는 아들의 마음. 라크리마에서 수도 없이 보던 장면이지만 이런 순간마다 어떤 동질감을 느꼈다.

'나라도 이랬겠지.'

부모님을 손도 못 써보고 잃었다. 만약 그 당시에 지금 같은 수술 실력이 있었다면 두 분의 목숨을 구할 수 있었을지도 모른다.

"……."

침묵하던 도수가 내색하지 않고 아들에게 말했다.

"하나의 가능성일 뿐입니다. 재발이나 사망 위험은 있어요."

말이 떨어지기 무섭게.

아들이 대답했다.

"수술해 주십시오."

"최선을 다하겠습니다. 그 전에."

잠시 틈을 둔 도수가 말을 이었다.

"아버님한테도 동의를 받으셔야 합니다."

"아버지는 허락하지 않으실 거예요. 살날이 얼마 남지 않았다는 걸 받아들이신 상태니까요. 제 몸에 수술 자국을 남기는 것조차도 제 앞날을 가로막는다고 생각하실 겁니다."

그렇다.

아버지와 아들이란 이런 관계다.

부모는 자식을 위해 목숨도 아끼지 않는다.

아들 역시 부모를 위해 뭐든 한다.

세상에 의지할 곳 하나 없는 도수는 경이로움에 가슴이 떨렸다. 물론 그 감정 역시도 내색하지 않았지만.

대신 아버지를 설득할 수 있을 만한 이야기를 해주었다.

"건강한 사람의 간은 삼십 퍼센트만 남아도 금방 재생이 됩니다. 4개월 정도면 예전 크기의 팔십 퍼센트 이상이 되고, 일년 사이에 원래 크기로 복구돼요. 받은 사람은 부작용이 있을 수 있지만 준 사람은 특별한 부작용이 없습니다. 수술 자국도 예쁘게 잘 꿰매 드릴 테니 걱정 마시라고 아버님에게 전해주세요."

도수가 말할 수 있는 건 여기까지였다.

나머지는 아들이 설득해야 할 몫이다.

"알겠습니다. 아버지께는 제가 잘 말씀드릴 테니 수술하는 쪽으로 준비해 주세요. 꼭 수술받으시게끔 하겠습니다."

말하는 표정에서 결연한 의지가 엿보였다.

담담하게 고개를 끄덕인 도수가 몸을 일으켰다.

"그럼 그렇게 알고 저흰 수술 준비를 하겠습니다. 동의서는 간호사한테 받으시면 됩니다."

*　　　　*　　　　*

도수가 자리를 떠나자.

한쪽에서 커피를 들고 있던 강미소가 다가왔다.

"안녕하세요."

아버지를 어떻게 설득해야 할지, 착잡한 표정으로 앉아 있던 아들이 그녀를 올려다보았다.

"아… 안녕하세요."

"아버님께서 수술받으시게 됐다고요?"

"아, 네."

대답한 아들이 다시 입을 뗐다.

"근데 솔직히 긴가민가합니다. 분명히 병원에서 수술이 힘들다고 했었는데……. 갑자기 수술할 수 있다니. 기뻐야 맞는

데 꿈만 같아 그런지 불안하기도 하고. 아직 그러네요. 아버
지도 어떻게 설득해야 하나 싶고……."

"방금 만난 이도수 선생님에 대해 알고 계세요?"

"아뇨."

"우리 병원에서 수술로는 그분을 따라갈 사람이 없을 거예
요. 심지어 교수님들도. 전쟁터에서 수많은 사람을 살렸던 소
년 영웅이거든요."

"아!"

아들이 눈을 치떴다.

"어디서 들어봤다 했는데 설마 요즘 뉴스에 나왔던 그분
이……?"

"맞아요."

생긋 웃는 강미소.

그녀는 아들의 손을 잡으며 말을 이었다.

"굳이 주치의셨던 선생님께 묻지 않으셔도 되세요. 이도수
선생님은 믿을 만하니까. 자, 시간이 많지 않으니 아버님 설득
하러 가시죠. 제가 같이 가서 설명하는 걸 도와드릴게요."

"아… 감사합니다."

그녀의 손에 이끌린 아들이 자리에서 일어났다. 얼마 전에
언론을 떠들썩하게 만들었던 소년이 방금 만났던 의사란 걸
알게 되자 어느 정도 마음이 놓이는 그였다.

　　　　　*　　　　　*　　　　　*

　응급실은 바쁘게 돌아갔다.

　도수가 조직검사를 의뢰하고 보호자인 아들이 말기 간암 환자인 아버지를 설득하는 사이.

　김광석은 내과과장 민혁찬을 찾아갔다.

　"과장님."

　"아, 김 교수."

　민혁찬이 반갑게 맞아주었다.

　"바쁜 분이 내과에는 무슨 일입니까?"

　"과장님께서 담당하셨던 간세포암 말기 환자 중에 이상명 씨라고 있는데. 얼마 전에 우리 병원에 실려오셨습니다."

　"아… 결국 그렇게 됐군요."

　고개를 끄덕이는 민혁찬.

　그에 김광석이 말했다.

　"해서 말인데, 그분을 수술할까 합니다."

　"수술이요?"

　민혁찬의 눈매가 찌푸려졌다.

　"그 환자분은 해줄 수 있는 치료가 없습니다. 그걸 모르실 분이 아니면서 무슨 수술 이야기를 하시는 겁니까?"

"일단 지금 급성심근경색을 앓고 계셔서 CAG와 PCI를 할 생각입니다."

"암으로 사망하는 것과 심장 질환으로 사망하는 건 다르니 그렇다 칩시다. 한데 그건 심장내과 소관 아닙니까? 간암 관련된 게 아닌데 왜 내과에 와서 얘기를 하는 겁니까."

"…그런 뒤 조직검사를 해서 암 성격을 파악하고. 전이된 임파선을 제거한 뒤 간이식을 할 생각입니다."

"뭐요?"

민혁찬의 얼굴이 험악하게 일그러졌다.

"지금 내 판단을 무시한 채 내 환자에게 손을 대겠다는 이야기를 하고 싶은 겁니까? 그것도 4기 간암 환자한테 간이식? 그걸 말이라고 하는 거요?"

그가 흥분했지만.

김광석은 시종일관 침착했다.

"친족에게 건강한 간을 공여받을 생각입니다."

"하!"

민혁찬은 헛바람을 뱉으며 물었다.

"간을 구한다 치고 다른 장기에 암이 전이됐을 텐데 그건 어쩔 생각이오? 재발 위험은? 대체 알 만한 사람이 왜 비상식적으로 구는 겁니까? 내 김 교수가 웬만해선 환자를 포기하지 않는단 건 알고 있지만 이건 경우가 아니잖소."

"그래서 이렇게 실례를 무릅쓰고 말씀드리는 겁니다. 부탁 드립니다. 저를 한 번만 믿고 맡겨주시면 안 되겠습니까?"

"이건 부탁이 아닌 통보지."

민혁찬은 눈매를 가늘게 좁히며 말을 이었다.

"응급으로 실려 왔다니 내 억지로 막진 않겠소만. 만약 내 판단을 뒤엎고 환자에게 손을 댄다면 나와 척을 지고 싶다는 뜻으로 알겠습니다."

김광석은 나지막이 한숨을 내쉬었다. 어차피 오기 전부터 예상했던 상황이었다. 단지 말하지 않고 수술하는 것과 말하고 수술하는 건 엄연히 달랐기에 절차를 갖췄을 뿐이다.

"이만 가보겠습니다."

고개를 숙인 김광석이 자리에서 일어났다.

민혁찬은 그런 그의 모습을 보며 주먹을 부들부들 떨고 있었다.

'건방진 새끼!'

민혁찬은 내과 분야에선 알아주는 권위자. 그가 간암 말기인 이상명 환자의 치료를 단념한 데에는 분명한 '의학적 근거'가 있었다. 누구라도 같은 판단을 할 터.

민혁찬 입장에선 자존심이 크게 상할 수밖에 없었다.

한편, 민혁찬의 연구실을 나선 김광석은 곧장 수술방으로 향했다.

지금쯤이면 모든 준비가 끝나 있을 터.

일단은 심장 쪽 수술을 한 뒤 2주 정도 안정을 취해야 한다. 그리고 임파선 제거와 간이식을 동시에 할 계획인 것이다.

수술방으로 가는 길.

병원 안을 바쁘게 돌아다니고 있는 도수와 마주친 김광석이 실소를 지으며 말했다.

"내과과장님 설득은 실패다."

"역시."

도수가 고개를 끄덕였다.

조금도 불안해하는 기색이 아니었다.

너무 태연한 반응에 어처구니없는 웃음을 흘린 김광석이 물었다.

"아무리 초턴이라도 그렇지. 지금 이게 얼마나 심각한 상황인지 모르는 거냐."

"심각한 상황이요?"

"그래. 심각한 상황."

"심각한 상황이긴 하죠."

고개를 주억거린 도수가 덧붙였다.

"심각하게 기쁜 상황이요."

"뭐?"

"환자를 살릴 길이 열렸는데 이보다 기쁜 일이 어딨어요?"

이 녀석은 정말이지 병원 내 절차나 규범, 지위나 정치에는 조금도 관심을 두고 있지 않다. 순수한 건지 당찬 건지 오로지 머릿속에는 환자 생각 하나. 그뿐이다.

"그래. 의사는 너 같아야지."

"네?"

"아니다."

김광석은 어깨를 두드리고 수술방으로 향했다.

그 뒷모습을 빤히 보던 도수는 피식 웃으며 다시 걸음을 뗐다.

내과과장이고 나발이고 간세포암 수술까지 남은 시간은 불과 2주.

지금은 환자한테 집중할 때였다. 임파선 제거와 간이식 수술에 관한 어떤 정보라도 다시 한번 들여다봐야 할 때인 것이다.

*　　　*　　　*

응급실은 일분일초가 부족하게 돌아갔다. 환자들이 끊임없이 들이닥쳤기 때문이다.

특히 인턴들의 주 업무는 그 환자들을 초진하는 것이기 때문에 자리를 비울 수가 없다. 밥 먹는 시간이나 화장실을 오

가면서 잠깐잠깐 쉴 수 있을 따름이다.

그러한 인턴 중 한 명.

식사를 마친 임재영은 휴게실 문을 열고 몸을 던지듯 들어섰다. 그는 의자에 쓰러지듯 기대앉으며 중얼거렸다.

"하. 빌어먹을 응급실……."

맞은편에 앉아 있던 도수는 그를 쳐다도 안 보고 책을 팠다. 김광석의 심혈관 수술이 잘 끝난 덕분에 이제 임파선 제거와 간이식만이 남은 것이다. 2주 뒤 실행될 두 가지 수술에 환자 목숨이 달려 있었다.

이 사실을 꿈에도 모른 채 그를 빤히 쳐다보던 임재영이 물었다.

"오 분도 못 쉬는데 그새 책을 보고 싶냐?"

"간이식은 한 번밖에 해본 적 없거든요."

"뭐?"

임재영이 눈을 동그랗게 뜨고 봤다.

"간이식을 해봤다고?"

"라크리마에서. 간손상이 심각한 환자한테요."

"간은 어디서 구했고……?"

"아버지. 아들이 다쳤거든요."

"……."

만약 다른 사람이 말했다면 믿지 않았을 것이다.

임재영은 확실히 도수가 별종은 별종이라는 실감이 났다. 그게 아니면 불과 열아홉 살에 불과한 도수가 어디서 어떻게 간이식 같은 메이저 수술을 해봤겠는가?

"이 병원 내과 전문의들 중에도 간이식을 해본 사람은 손에 꼽을 텐데. 아마 과장님 정도만 해보지 않았을까?"

말을 하던 임재영은 문득 이상한 점을 느꼈다.

"아니지. 근데 네가 간이식 수술에 대해서 왜 알아보고 있어?"

간이식 말고도 공부할 것들이 어디 한두 개인가.

간이식 같은 수술은 책을 본다고 바로 할 수 있는 수술이 아니다. 후일 수술에 참여할 기회가 있을 때 공부하는 게 맞다.

그제야 고개를 든 도수가 게슴츠레한 눈으로 말했다.

"저 지금 책 보고 있는데."

계속 말 걸면서 방해할 생각이냐는 물음.

하지만 임재영에게 중요한 건 그게 아니었다.

"그러니까 간이식 수술에 대해서 왜 알아보고 있냐고?"

"제 마음입니다만."

"그… 그건 그렇지."

이렇게 나오면 할 말이 없다.

자기 시간에 자기 눈으로 자기가 보고 싶은 책을 보겠다는

데 누가 뭐라고 할 수 있을까.

"……."

도수는 다시 책으로 시선을 돌렸다.

그러자 맨살에 묻은 핏자국을 박박 문질러 닦던 임재영이 그새를 못 참고 또 말을 시켰다.

"야. 근데 진짜 세상 환자란 환자는 죄다 우리 병원에 오는 것 같지 않냐?"

"그렇게 많진 않던데."

"그러니까 우리 생각보다 다치는 사람이 더 많은 것 같… 응?"

임재영이 토끼 눈을 떴다.

"안 많다고? 환자가?"

자기가 제대로 들은 게 맞나 싶었다. 응급실은 지금도 환자들로 북적이고 있건만. 하루 열아홉 시간씩, 씻을 시간도 없이 근무하고 잠깐잠깐 눈 붙이는 게 고작인 인턴 입에서 나올 말인가?

하지만 시체가 산을 이루는 전쟁터에서 온 도수 입장에선 응급실 환자도 많게 느껴지지 않았다. 단지 한국이나 라크리마나 환자 수에 비해 손이 부족하다는 현실이 안타까울 뿐.

"별로요. 전 책을 보겠습니다."

다시 책으로 시선을 돌린다.

고개를 절레절레 저은 임재영은 팔로 베개를 만들고 이마를 박았다. 잠깐이라도 눈을 붙이는 게 남는 장사였다.

*   *   *

삐비빅. 삐비빅.

호출기가 울렸다.

도수는 책을 놔두고 자리에서 일어나 임재영의 어깨를 툭 치고 밖으로 나갔다.

"엄마… 엄… 와? 무슨 일이야?"

얼마나 피곤했으면 잠꼬대를 하던 임재영이 벌떡 일어나 주위를 둘러보더니 도수의 그림자를 쫓아 응급실로 나갔다.

"어디 갔다 이제 와? 인턴들이 빠져 가지고."

이시원이었다.

"죄송합니다."

임재영이 사과하자 그는 도수를 보았다. 하지만 도수는 사과할 생각도 안 하고 손 소독제로 손가락을 문지르며 모니터를 보고 있었다.

'김창모 환자. PE(Pulmonary Embolism: 폐색전증). PE의 위험 인자는 고령, 비만, 흡연, 고혈압, 악성종양, 수술……'

도수는 임상 양상, 진단, 치료까지.

병명에 맞는 내용을 하나도 놓치지 않고 상기했다.

'김민우 환자. ACS(Acute Abdominal Compartment Syndrome: 급성복부구획 증후군). 원인은 복잡한 복강 내 수술, 다발성 외상, 대량 수액 투여 오 리터 이상, 장폐쇄증, 복수, 혈복강······.'

다시 한번 복습을 하면서 응급실 내 모든 환자들에 관련된 정보를 외우고 있는 그를 보다 못한 이시원이 인상을 쓰며 건드렸다.

"어이, 인턴. 내 말이 말 같지 않나?"

도수는 그제야 고개를 돌렸다. 이시원을 빤히 쳐다보며 대응을 고민하던 그는 한숨을 내쉬었다.

"후."

"한숨? 지금 참냐?"

"그만하시죠."

그 순간.

수술복 위에 의사 가운을 입은 김광석이 다가왔다.

"······!"

세 사람이 고개를 숙였다.

"교수님."

이시원이 인사하자.

김광석이 물었다.

"무슨 일이지?"

"인턴 교육하고 있었습니다."

레지던트가 인턴을 교육하는 일에 교수가 나서는 건 모양 빠지는 일. 그러나 김광석이 찾아온 건 그들 이해관계에 개입하기 위해서가 아니었다.

"하던 건 잠시 후에 마저 하고. 언제 출동이 있을지 몰라서 미리 얘기해 두려고 왔다."

"뭘……?"

"우리 응급실은 항상 손이 부족해. 경기권에서 다 몰려드니까. 그 짧은 공백에 환자의 목숨이 왔다 갔다 하지. 그래서 각 과 선생들이 콜을 받고 내려올 때까지 이도수 선생 본인 판단 하에 응급처치를 할 수 있도록 허락하려고 한다."

이시원과 임재영 모두 눈을 부릅떴다. 인턴이 스스로 판단 해서 응급처치를 한다는 자체가 굉장히 위험한 일이었기 때문이다.

그 부분에 대해 김광석이 설명을 달았다.

"이도수 선생은 비록 인턴이지만 교수들 이상의 수술 경험이 있어. 응급처치 정도는 본인 판단으로 충분히 할 수 있다."

"하지만 교수님!"

이시원이 지금껏 한 번도 범한 적 없던 금기를 깼다. 교수 앞에서 언성을 높인 것이다.

김광석이 차분하게 물었다.

"뭐가 문제지?"

"이도수 선생은 인턴입니다. 간단한 처치를 하는 건 역량이 된다면 상관없지만 인턴이 스스로 판단하는 건 있을 수 없는 일입니다. 레지던트나 전문의한테 노티 정도는 넣고 허락을 구한 뒤 처치하는 게 순서 아닙니까?"

"나도 알고 있다."

"그런데 특권을 주신다니요? 의료사고라도 나는 날이면 레지던트인 저는 물론 과 전체에 책임이 돌아갈 겁니다. 그걸 누구보다 잘 아시는 분이 인턴한테 이런 특혜를 주시면 병원 내에서도 여러 말이 돌 거고요."

응급센터 기강이 개판이다, 등등. 말이 돌겠지.

하지만 김광석에게는 중요치 않았다.

"일단 이도수 선생이 의료사고를 낼 상황이면 누구라도 사고를 피해갈 수 없다. 그리고 응급실이 사람들 입방아에 오르내리는 것 같은 부작용들. 이건 환자 목숨보다 중요하다고 생각되진 않는데."

"……!"

이시원은 이를 빠드득 갈았다.

'대체 저놈이 뭐기에……!'

물론 수술 실력이 대단하다는 말은 귀가 닳도록 들었다. 하지만 직접 본 적도 없고, 도저히 도수의 앳된 얼굴에서 경험의 흔적을 찾아볼 수 없었다. 경험이 부족한 의사는 실수할 확률이 높고 그 말인즉 의료사고로 이어질 수 있다는 뜻이었다.

또한 개인적으로는 안 그래도 건방진 인턴이 특권을 얻게 됐을 때 얼마나 활개 칠지 안 봐도 비디오였다.

해서 그는 큰마음을 먹고 말했다.

"전 인정할 수 없습니다."

"내가 편애한다고 생각하나?"

"…사실 아닙니까? 그렇게 절차를 무시할 수 있다면 다른 인턴들은 왜 인턴 과정을 거친단 말입니까?"

"필요하니까."

"이도수 선생도 필요합니다. 필요치 않았다면 인턴이 아닌 레지던트로 왔겠죠."

김광석은 피곤했다.

"억지를 부리는군."

억지를 부리는 건 교수님이십니다. 이시원은 그렇게 일침을 놓고 싶었다. 하지만 간신히 참았다.

"교수님이 지시하신다면 따르겠지만 수긍하진 않겠습니다."

"그럼 이렇게 하지."

김광석은 도수를 힐끔 쳐다본 뒤 말을 이었다.

"내 판단에는 이도수 선생에게 본인이 판단하고 처치할 수 있는 권한을 주는 게 보다 많은 응급환자의 생명을 살릴 수 있는 최선의 선택이라고 생각한다. 만약 문제가 생겼을 때 모든 책임은 내가 지겠다."

"……."

응급외상센터장. 즉 과장급 교수가 모든 책임을 진다는데 레지던트가 대항할 무기는 없었다. 핵폭탄을 날린 김광석은 조금의 불안감도 없이 입을 열었다.

"난 오후에 컨퍼런스가 잡혀 있어서 나갔다 와야 하니까 사고 치지 말고. 이시원 선생은 하던 일 계속해."

그는 실랑이를 벌일 힘이 남아 있지 않은지 그 말만 남기고 자리를 떴다.

뒤에 남겨진 이시원은 도수를 죽일 듯이 노려보다 몸을 홱 돌렸다.

"교수님한테 감사해라."

제대로 기를 죽여놓으려 했는데 그 역시 그럴 기분이 아니었던 것이다.

두 사람이 서로 반대 방향으로 사라지자 임재영은 안도의 한숨을 터뜨렸다.

"휴우! 나 숨 막혀 죽는 줄 알았다."

그는 도수에게 말했다.

"근데 너 너무 개김성 투철한 모습만 보이지 마. 네 이미지 망가지는 건 둘째 치고 너랑 같은 인턴들 싸잡아서 욕먹는다."

한 명의 책임은 곧 공동의 책임.

뭐 그런 건가?

"문제가 생기면 저한테 말씀해 주세요."

"뭐?"

전혀 예상치 못한 대답을 들은 임재영이 어느새 멀어지는 도수의 등에 대고 되물었다.

"말하면 뭐? 문제가 생기면 네가 뭐 어쩔 건데?"

그러나 대답은 돌아오지 않았다.

권한을 얻은 도수.

그는 어느새 눈을 반짝이며 가까이 보이는 탈구골절 환자에게 다가갔다.

"으으으으."

뼈가 부러진 삼십 대 남자 환자가 우거지상을 쓴 채 팔을 붙잡고 있었다.

샤아아아아아아.

도수의 투시력이 발휘됐다.

남자가 잡고 있는 팔의 부러진 위치가 뼈째로 눈에 들어왔다. 엑스레이보다 훨씬 선명하고 생동감 있는 광경이었다. 뼈를 맞추는 도수정복(徒手整復) 정보는 셀 수도 없이 해온 치료였다.

곧장 다가간 도수는 환자 앞에 앉으며 말했다.

"전 응급실 소속 이도수입니다."

그는 EMR(Electnonic Medical Record System)을 통해 검사 기록을 확인했다.

응급으로 엑스레이 검사는 끝낸 상태.

이제 치료만 하면 된다. 그런데.

"끄으… 발. 아파 뒈지겠어! 빨리 어떻게 좀 해봐!"

"……."

다짜고짜 반말이다.

도수는 아무 대답도 하지 않고 바깥쪽에서 팔을 붙잡았다. 그야말로 순식간.

꽈악.

힘이 들어가자 환자가 나 죽겠다고 비명을 질렀다.

"크악!"

그는 몸부림을 치려 했으나.

꼼짝도 할 수 없었다.

환자를 제압(?)한 도수는 서늘한 시선으로 부러진 곳을 응시하며 단단히 잡은 팔을 밀어 넣었다.

우드득!

"으아악!"

눈을 질끈 감았던 남자가 눈을 부릅뜨며 말했다.

"이 의사 새끼! 씨발, 의사 새끼가 사람 잡네!"

동네방네 소란을 떤다.

그러든 말든 붕대와 석고를 찾는 도수.

그런 그의 뒷덜미를 향해 남자가 멀쩡한 손을 뻗었다.

콰악!

도수가 고개를 돌렸다.

"뭐죠?"

눈이 마주친 남자는 가슴 한편이 서늘했다.

'뭐야, 이 새끼……'

그는 자신이 일순 쫀 이유가 도수의 떡 벌어진 어깨와 길쭉한 신장 때문이라고 여겼다. 팔이 아파서 미처 몰랐는데 일어난 도수는 젊고 강인해 보였던 것이다.

하지만 이대로 물러날 사내가 아니었다.

"아, 씨발. 치료하는 꼬라지 좀 보소. 환자를 죽이자는 거야, 살리자는 거야!"

화악.

밀치려던 사내는.

꼼짝도 하지 않는 도수를 올려다보았다.

"…뭐야?"

도수가 대답했다.

"일단 나오시죠."

그의 시선은 더 이상 남자를 향하고 있지 않았다. 반대쪽, 응급실 정문으로 들어온 노인을 향해 있었다.

"할아버지."

제5장
제안

응급실엔 나타난 원 톤 정장을 입은 노인.

그를 알아본 사람은 도수뿐이었다.

워낙 분주한 응급실 환경 탓이다.

'여긴 왜?'

도수가 의문을 품는 그때.

눈앞에 있는 환자가 다시 한번 밀치려 들었다.

"지금 내가 얘기하는 거 안 보여?"

턱!

양팔을 붙잡은 도수가 고개를 돌렸다.

흠칫.

눈이 마주친 환자는 소름이 끼쳤다. 의사치고 너무 잘생긴 얼굴 때문이 아니었다. 깊이를 알 수 없는 시커먼 눈동자와 정면으로 맞닥뜨린 것이다.

'무슨 애새끼 눈빛이……'

자기도 모르게 가드를 올릴 뻔했지만 두 팔이 꿈쩍도 하지 않았다. 힘깨나 쓴다는 말을 자주 듣는 사내는 저절로 위축이 됐다.

'운동한 놈인가?'

하지만 우려하던 상황은 벌어지지 않았다.

도수는 단단히 붙잡은 팔을 부드럽게 만졌다.

주물주물.

"윽."

"이제 팔 잘 움직이시죠?"

"그… 그런데?"

"아직 통증이 완전히 사라지진 않았을 겁니다. 정형외과 선생님 불러 드릴테니 반깁스 하고 가세요."

그렇게 말하곤 팔을 놓고 스테이션으로 가서 정형외과로 콜을 했다.

"응급실 인턴 이도수입니다."

—그래.

"오른팔 골절환자 입니다. 엑스레이 찍고 도수정복(뼈를 맞추는 치료) 했습니다."

—누가?

"제가요."

—인턴이?

"상황이 여의치 않았습니다."

—하, 나 참… 노티도 없이 조치를 하나?

"김 교수님 지시였습니다."

—…알겠다. 지금 내려갈게. 환자 건드리지 말고 기다려.

"알겠습니다."

뚝.

전화가 끊겼다.

도수는 대답은 했지만 그를 기다릴 생각이 없었다. 아마 방금 통화한 레지던트보다 도수정복 자체도 자신이 훨씬 능숙할 터였다. 실수가 없었던 데다 응급실 자체가 워낙 바쁘게 돌아가니 특별한 문제가 생기진 않을 터. 기껏해야 나중에 우연히 마주치면 한 소리 듣는 정도겠지.

그보다 문제는 연락도 없이 찾아온 천하대병원 이사장, 그의 할아버지였다.

도수는 이사장에게 다가갔다.

"하실 말씀이라도."

"대처를 잘하는구나."

이사장이 다른 말을 했고.

도수도 자기 하던 말을 했다.

"나가서 말씀하시죠."

그제야 주제가 겹쳐졌다.

"내가 할아비인 걸 숨기는 거냐."

"아무도 묻지 않아서 말하지 않았을 뿐입니다. 괜히 시끄러워지는 게 싫어서요. 그건 지금도 마찬가지고요."

혹시라도 이사장의 얼굴을 아는 사람이 본다면 소란스러워질 터였다. 과장들이나 병원장이 직접 내려올지도 모른다. 천하대학병원은 국내 의료계의 유구한 역사 동안 단 한 번도 넘버원의 자리를 빼앗겨 본 적 없는 병원이었으니까.

그런 사람이 다른 병원을 직접 찾아온다는 건 충분히 이슈가 될 만했다.

"그런 것치곤 내가 온 걸 봤으면서도 눈 하나 깜짝 안 하고 환자를 잘만 보던데."

"의사한테 환자가 우선인 게 별스러운 일은 아니죠."

"제법이야."

피식 웃은 이사장이 말했다.

"따라오거라."

"차에 가 계세요. 지금 바로 처치받지 못하고 있는 환자 두

명만 더 보고 뒤따라가겠습니다."

이 크고 분주한 응급실에서 치료받지 못하고 있는 환자 명수까지 정확히 파악하고 있다. 응급실 전체를 아우르는 시야, 천하대병원 이사장을 기다리게 만드는 배짱까지.

이사장은 눈을 반짝이며 혼잣말처럼 중얼거렸다.

"인턴이 노티도 없이 치료도 하고. 아로대병원 기강이 무너진 건가, 외상센터장이 힘을 쓴 건가."

그저 1분 남짓 지켜본 것만으로 상황을 정확히 파악한 그는 함께 온 비서실장에게 말했다.

"가지."

"예, 이사장님."

멀어지는 두 사람의 뒷모습에서 미련 없이 눈을 뗀 도수는 스테이션으로 움직였다. 그는 모니터를 확인하며 검사를 끝냈음에도 치료를 받지 못하고 대기 중인 환자를 찾았다.

'이수아, 탈장.'

다섯 살 소아 환자였다.

대부분이 어른 환자들이었기에 한눈에 들어왔다.

이수아 환자에게 간 도수가 보호자에게 말했다.

"안녕하세요. 이도수입니다."

"아! 안녕하세요, 선생님."

마주 인사한 어머니가 소아 환자에게 말했다.

"수아야. 우리 수아 치료해 주러 잘생긴 의사 선생님이 오셨다. 한번 봐봐."

수아는 눈물이 그렁그렁한 얼굴을 들었다. 녀석의 머리를 가볍게 쓰다듬은 도수가 쪼그려 앉아 상태를 확인했다.

샤아아아아아.

탈장이 맞다.

우선 검사 결과를 확인하고 혹시 몰라 다른 곳도 투시를 해보았다. 다행히 탈장 외에 다른 문제점은 보이지 않았다.

"잠시 배 좀 걷어볼래?"

수아가 상의를 걷자 배꼽 부위에 볼록하게 작은 혹 같은 게 나 있었다.

"금방 안 아프게 해줄게."

도수는 투시력으로 배 속을 훤히 들여다보며 볼록하게 솟은 부분을 손가락으로 지그시 눌렀다. 그러자 밖으로 튀어나왔던 장이 복막 사이의 틈새로 쑥 밀려 들어갔다.

"어……."

수아가 안 그래도 큰 눈을 동그랗게 떴다.

"어?"

"어때?"

"안 아파요!"

다시 한번 머리를 쓰다듬은 도수가 몸을 일으키며 보호자에게 말했다.

"탈장은 한 번 생기면 재발률이 높기 때문에 나중에 시간을 내서서 재발 방지 수술을 해주시는 편이 좋습니다."

"아!"

수아 어머니가 고개를 숙였다.

"감사합니다, 선생님."

"내일 소아외과에 외래 잡아드릴 테니 진료 보시고요."

"네, 꼭 그럴게요! 수아야! 선생님한테 감사하다고 인사해야지?"

그러자 수아가 배꼽 인사를 했다.

"선생님, 감사합니다!"

"그래."

머리를 쓰다듬은 도수는 스테이션 간호사에게 가서 말했다.

"이수아. 배꼽탈장 환자 내일 소아외과 외래 잡아주세요. 최대한 빠른 시간으로."

"네."

대답한 간호사는 얼굴을 붉혔다. 도수는 별 의미를 두지 않고 다른 환자를 보러 떠났지만, 그녀는 외래를 잡으며 동료 간호사와 수군거렸다.

"진짜 신기하지 않아?"

"그러게. 인턴이 어떻게 저렇게 능숙하지?"

"얼마 전까지 전쟁터에서 수술하고 다녔단 말이 진짠가 봐."

"에이, 설마… 엄청 어려 보이는데?"

"어려 보이긴? 완전 남자다운데."

이야기를 나누던 간호사는 피식 웃었다.

"완전 빠졌네, 빠졌어."

"빠지긴 무슨……."

"하긴. 이도수 선생님이 잘생기긴 했지."

"조각이야, 조각. 근데 얘 봐라. 남자 친구도 있는 애가 왜 눈독을 들여?"

"이거 봐라? 웃기는 짬뽕이네? 김칫국 마시면서 질투하지 말아줄래? 딱 보니 연애는 괜찮아도 좋은 남편감은 아니야."

"난 저 정도면 이해할 수 있을 것 같다."

도수의 뒤태를 보며 몽롱해진 그녀가 덧붙였다.

"당당하고 솜씨도 좋잖아. 얼마나 섹시해?"

*　　　　*　　　　*

소아과 외래를 잡으면서 다음 환자를 확인한 도수는 열일 곱 살 여학생에게로 찾아갔다. 피가 철철 나는 손을 부여잡은 채 앉아 있는데도 껌을 질겅질겅 씹고 있는 게, 여학생치고 지나치게 대담해 보였다.

"안녕하세요. 이도수입니다."

"잉?"

소녀의 표정이 의아하게 변했다.

"선생님 완전 어려 보이시네요?"

"어려 보이는 게 아니라 어린데."

"네?"

"아닙니다. 손 보죠."

턱.

도수가 손을 잡자.

여학생이 눈을 흘기며 말했다.

"어머. 다 큰 처녀 손을."

진짜 특이한 캐릭터다.

한 귀로 흘린 도수는 투시력을 사용했다.

샤아아아아아아.

유리 파편이 깊게 박히긴 했지만 혈관이나 신경을 찌르진
않았다.

피부만 꿰매면 된다는 뜻.

따로 검사를 의뢰하거나 노티를 할 필요도 없었다. 이 정도
는 웬만한 인턴들도 처치할 수 있는 찰과상이다.

"소독하겠습니다."

도수가 장갑을 끼고 자기 손을 소독한 뒤, 집게로 유리 파편을 제거했다. 투시력을 통해 보이는 작은 알갱이까지. 그다음 밑에 빈 통을 대고 상처 부위에 소독약을 들이부었다. 그러자 소녀가 태연하던 모습과는 달리 몸을 비틀며 신음을 흘렸다.

"아으으……."

"다 됐습니다."

도수는 실과 바늘로 피부를 봉합했다.

그 모습을 빤히 보던 소녀가 물었다.

"저번에는 무슨 호치키스 같은 걸로 집던데."

"저번에도 왔었어요?"

꿰매는 사이 정신 분산을 시키려고 던진 질문이다. 따끔거려서 환자가 움직이면 치료가 몇 배 힘들어진다.

다행히 소녀는 소독약을 들이부을 때처럼 통증을 호소하지 않고 고개를 끄덕였다.

"네. 근데 저번보다 훨씬 안 아프네요."

어느새 다 꿰맨 도수가 손을 떼며 물었다.

"공장에서 일해요?"

"네?"

"자주 다치는 것 같아서."

"아~"

그녀는 피식 웃더니 말했다.

"제가 원래 스포티하거든요. 후훗."

"그래 보여요."

"잘 놀 것 같다는 뜻?"

"말괄량이 같다는 뜻."

도수가 일어나자 그녀가 얼굴을 올려다보며 말했다.

"근데 왜 이렇게 빨라요? 잘생긴 얼굴 감상 좀 할랬더니."

이걸 털털하다고 해야 할지.

당돌하다고 해야 할지.

도수는 별로 대답할 가치를 못 느끼고 어깨만 으쓱였다. 장갑을 벗고 선반을 정리하는 사이 여학생이 가방을 뒤적이더니 쪽지를 적어서 내밀었다.

"제 번호예요."

도수는 우두커니 서서 물었다.

"근데요?"

"음… 받아주셔야 안 민망한데. 엄청 용기 낸 거라서."

그제야 도수는 쪽지를 받았다. 대충 받고 돌려보내는 게 속 편하다고 생각했기 때문이다.

"자, 이제 가보세요. 그럼 전 이만."

고개를 가볍게 숙인 그는 환자들을 지나쳐서 응급실을 나가 버렸다.

그 뒷모습을 보던 여고생은 입맛을 다셨다.

"흐응. 겁나 까칠하네. 앞으로 자주 다쳐야 하나?"

한편.

응급실을 나선 도수는 쪽지 같은 건 까맣게 잊고 할아버지가 타고 있는 차를 찾았다. 헤드라이트 불이 켜져 있는 차는 딱 한 대뿐.

검은색 대형 고급 세단이었다.

도수가 가서 뒷좌석 문을 열고 차에 탔다. 타자마자 시간을 확인한 그는 미리 양해를 구했다.

"콜 오면 바로 들어가야 돼요. 콜이 없어도 오 분 내로 들어가야 하고."

"인턴 바쁜 건 잘 알지. 오래 안 붙잡으마."

"이제 완전히 할아버지 모드신데요?"

"네가 혈육이란 게 확인됐다."

"예상은 했습니다."

"그랬겠지."

고개를 끄덕인 이사장이 즉시 본론을 꺼냈다.

"그래서 말인데, 우리 병원으로 옮기도록 해라."

"이건 권유가 아닌데."

"맞다. 권유하는 게 아니야. 거부할 수 없을 만큼 달콤한 제안을 할 생각이다."

"들어보죠."

"널 우리 병원의 후계 구도에 포함시킬 생각이다."

"그건 제게 달콤한 제안이 아닌데요. 경영 같은 건 할 생각도, 하고 싶은 생각도 없는데."

"그저 환자만 많이 보면 다구나."

"맞아요."

도수의 대답을 들은 이사장은 다른 패를 꺼내 들었다.

"대충 예상은 했다. 하지만 두 번째 제안을 거절하기 힘들 거야. 네게 인턴, 레지던트 과정을 생략하고 전문의가 될 수 있는 기회를 주마. 이미 과장들 동의도 받은 사안이다."

이건 도수가 놀랄 정도로 파격적이었다.

"그게 가능한 겁니까?"

"우리 병원에선 가능하다. 국내 의료계를 주름잡는 각계의 권위자들이 모인 곳이 우리 병원이니까."

"자부심이 대단하시네요."

"너도 자부심을 갖게 될 게다."

도수는 그 말을 한 귀로 흘렸다.

"…이게 끝인가요?"

"협상을 할 줄 아는구나."

피식 웃은 이사장이 마지막 카드를 꺼내 들었다.

"널 스타로 만들어주겠다. 넌 싫어할 수도 있겠지만 그게 여러 케이스의 환자를 만날 수 있는 최고의 방법이 될 거야. 환자들이 널 찾아올 거다. 가까우면 전국 각지, 멀면 세계 각지에서 찾아오겠지. 그중에는 고위직 인사들부터 부자들, 유명 인사들도 있을 거다. 하루가 멀다 하고 수술을 할 수 있을 테고 병원 정치에 휘둘리지 않아도 된다. 국내뿐 아니라 해외의 어느 병원을 가도 너에게 이런 제안을 하는 곳은 없을 게야."

도수는 시트에 몸을 기댔다. 단내가 여기까지 풍길 정도로 달콤한 제안이다. 그렇게 생각에 잠겨 있던 그는 앞좌석 차량용 시계를 확인하곤 입을 뗐다.

약속한 오 분이 넘어가고 있었다.

그에 도수가 말했다.

"오 분 더 내죠."

이사장이 회심의 미소를 짓는 순간.

도수가 다시 한번 예상을 뒤엎었다.

"2주만 주세요."

"2주?"

"네."

"왜지? 네가 원하는 걸 모두 충족시킨 조건인데."

"입에 단 음식은 이를 썩게 만들죠."

당장 맛볼 달콤한 음식보단, 음식을 맛볼 이빨이 중요하다는 뜻이다.

"호의의 본질을 못 믿겠다?"

"못 믿는 건 아닙니다."

"그럼?"

"조심하는 거죠. 약인지 독인지."

"하."

"전 번복도, 후회할 짓도 안 하는 편이라."

이사장은 헛웃음이 나왔다.

'이 녀석이 내 손자라고?'

이제 열아홉 살이다. 평범하게 살았다면 한창 학교에 다닐 나이. 한데 예리한 협상가를 상대하는 느낌이 들었다.

"하나만 묻자."

"말씀하세요."

"왜 하필 2주냐?"

이미 협상 테이블에 앉은 이상 한마디도 그냥 지나칠 수 없다.

이사장을 응시한 도수가 대답했다.

"2주 뒤 환자 수술이 잡혀 있습니다."

"인턴이 무슨 수술?"

"제가 참여하기로 했거든요."

이사장은 직감했다.

'외상센터장.'

김광석이 힘을 실어주고 있는 게 확실해졌다. 하지만 그것만으론 결정에 뜸을 들이는 이유가 부족했다. 이쪽은 훨씬 더 탐스러운 제안을 던졌으니까.

"어차피 네 환자는 아닐 테고."

"아뇨."

도수는 단호하게 말했다.

"제가 본 환자는 모두 제 환자죠. 주치의가 누구든 상관없이."

"의사로서 올바른 책임 의식이다. 하지만 엄연히 주치의가 있는 이상 인턴 신분의 네가 개입할 여지는 없을 거야."

이런 식으로 다시 한번 손짓했다. 인턴이 아닌 전공의로 인정해 줄 테니 천하대병원으로 오라고.

그러나 도수에게는 씨알도 안 먹혔다.

"인턴은 신분이 아닙니다. 사회적 지위와는 무관한 직급일 뿐이죠. 그리고 저는 2주 뒤 수술할 환자의 보호자를 만나서 얘기했습니다. 최선을 다하겠다고."

이사장은 도수의 두 눈을 빤히 바라봤다. 보호자에게 양해를 구하고 옮기면 되지 않냐는 말 따윈 통하지 않을 것이다. 그래서 그는 승부수를 던졌다.

"좋다. 트랜스퍼(Transfer: 다른 병원으로 환자를 이송하는 것)시켜 주지."

"환자 상태가 안 좋습니다."

"특별히 헬기를 동원해 주마. 환자나 보호자 동의만 받으면 된다."

도수는 한 가지 의문이 들었다.

왜 이렇게까지?

손자라서?

그건 아닐 터였다.

만약 혈육이라서 움직이는 거라면 처음부터 이사장으로서 조건을 제안하는 게 아니라 할아버지로 다가왔을 것이다.

"주치의께서 트랜스퍼를 동의하실까요?"

"전화 한 통이면 된다. 아로대학병원 병원장한테 직접 얘기하지. 부담이 큰 환자라면 더 넘겨받기 쉬울 테고."

도수는 그 말이 허언이 아님을 알 수 있었다. 특히 환자가 간암 말기 환자라면 아로대학병원에선 땡큐를 외칠 일이었다.

하지만 아직 트랜스퍼를 결정할 수 없는 가장 중요한 이유가 남아 있었다.

"해당 환자와 보호자는 이미 이 병원에서 1차 수술을 받았습니다. 그다음 이식이 필요해서 모든 준비를 마친 상태입니다. 마음의 준비도. 이런 상황에 환자의 환경을 다시 바꾼다? 환자가 느끼는 불안감은 증폭되고 신뢰는 떨어질 겁니다."

"국내 최고의 병원에서 최고의 의료 서비스를 지원하겠다는데 신뢰가 떨어진다?"

도수는 피식 웃었다.

"정말 그렇게 생각하세요?"

"무슨 뜻이냐?"

"할아버지, 제가 있던 라크리마에선 무너진 건물, 파편 더미, 흙탕물이나 모래밭 같은 곳에서 응급수술을 하는 일이 다반사입니다. 감염은 물론이고 의료 인력이나 장비도 부족한 최악의 환경이죠. 그럼에도 죽을 것 같던 사람이 살아나더군요. 전 그곳에서 한 가지 사실을 깨달았습니다."

"뭐지?"

"사느냐 죽느냐는 병원 시설이나 써전의 칼끝에 달린 게 아니라는 것. 우리가 아무리 애를 써도 과정일 뿐 결국 종착역은 환자입니다. 결국 이겨내는 건 환자의 몫입니다."

청산유수다.

이사장은 어린 인턴에게 한 편의 강의를 들은 기분이었다.

'이러니 더 탐나는구나.'

그의 눈빛에 처음으로 애정이 떠올랐다. 하지만 애정은 애정. 2주는 너무 길었다.

"2주 안에 기회가 날아갈 수도 있다. 사회는 그리 녹록지 않아. 특히 의사 집단은 자존심으로 똘똘 뭉친 집단이다. 그런 집단이 기존의 틀을 깨고 남의 병원 인턴에게 파격적인 제안을 했는데 거절을 당했다? 내가 어떻게 설득하든 그들은 납득하지 못할 거야."

2주도 못 준다?

정리도 하지 말고 바로 옮기라는 뜻이다.

도수는 그가 서두르는 게 마음에 걸렸다.

"상관없습니다."

"뭐?"

"협박은 안 통해요. 후계 구도에 포함시켜 줄 테니 할아버지를 따라라. 전문의까지의 과정을 생략해 줄 테니 병원을 옮겨라. 병원을 홍보하는 스타가 돼서 더 많은 환자를 보거라……."

"그렇지. 전무후무한 제안이다."

"환자는 여기도 차고 넘칩니다."

"넌 여기선 인턴일 뿐이야."

도수는 입꼬리를 올렸다.

"제가 왜 인턴에 지원했는지 아세요?"

"인턴밖에 할 수 있는 게 없으니까."

"아뇨."

도수가 고개를 저었다.

"제가 인턴에 지원한 이유는 각 과를 다 돌아보며 기존에 몰랐던 경험과 지식을 채우고 싶기 때문입니다. 현대 병원의 포맷, 피부, 성형, 이비인후과, 안과, 치과, 신경외과까지. 제가 취약한 부분을 모두 섭렵하기 위해서요."

말도 안 된다.

왜 분과를 하겠는가?

어떤 분야를 전공하든 인체는 무궁무진한 미지의 영역이다. 공부는 끝이 없고 누구라도 완벽에 도달하는 건 불가능하다. 그런데 모든 분야를 전부 다 섭렵한다?

얼마나 기가 막혔으면 이사장은 헛웃음을 터뜨렸다.

"그 말인즉 네가 몇 개 분야에 통달했다는 것처럼 들리는구나."

"부정하지 않습니다."

"뭐?"

이사장의 미간에 주름이 잡혔지만 도수는 꿈쩍도 하지 않고 대답했다.

"전 몇 가지 분야에 밝습니다. 모든 환자를 살릴 순 없지만 살릴 수 있는 환자를 놓치는 실수를 하진 않아요."

물론 투시력이 있어서 가능한 일이었지만, 실수해서 환자를 잃은 적이 없는 것도 엄연한 사실이다.

"……"

이사장은 할 말을 잃었다. 아무리 전쟁터에서 굴러먹다 왔다지만 인턴에 불과한 녀석이 이미 여러 분야에 통달한 의사라고 자부하는데 무슨 말을 하겠는가.

하지만 그건 그거고, 이사장에게는 여전히 절대 거부하지 못할 히든카드가 있었다.

"전문의까지 몇 년이 걸리는 줄이나 아느냐? 그 전까지 넌 네가 좋아하는 수술도 제대로 못 한 채 수련의로서 생활해야 한다."

"제가, 제가 좋아하는 수술도 못 하는 것처럼 보이세요?"

"뭐?"

도수는 나지막이 한숨을 내쉬었다.

"얼마 후에 수술이 있다고 말씀드렸는데."

"그저 참가지 않느냐."

"아닌 것 같은데요."

이사장의 동공이 처음으로 흔들렸다.

"그게 무슨 뜻이지?"

"인턴, 레지던트, 전문의……."

말끝을 흐린 도수가 덧붙였다.

"중증외상센터에선 그런 게 큰 의미가 없습니다. 다시 말씀 드리지만 환자는 여기도 넘쳐나요. 의사들 수십 명이 더 있어도 손이 부족할 정도로."

"……."

"천국이죠."

"미친."

이사장은 자기도 모르게 욕이 나왔다. 이사장 체면에 얼마 만에 해보는 욕이던가? 그 어려운 일을 수십 년 만에 처음 만난 손자 놈이 끌어냈다.

그 손자 놈은 눈 하나 깜짝하지 않고 말을 이었다. 오히려 태연하게 차량용 시계를 확인하며 물었다.

"이제 시간이 거의 다 됐네요. 이번에는 제가 질문 하나 해도 될까요?"

"…말해봐라."

기가 빨리고 진이 빠졌다.

이런 만만찮은 상대를 만난 게 얼마 만인지 모르겠다.

그런 그에게 도수가 말했다.

"할아버지는 저한테 전문의까지 과정을 생략해 주겠다는 제안을 하셨어요. 심지어 모든 과장님들이 오케이 했다고 하셨죠. 저랑 피 한 방울 안 섞인 자존심 높은 의사 집단의 과장님들께서도 동의하셨으니, 제가 할아버지 혈육이기 때문에 받아들인 게 아니란 뜻이에요. 그 이유가 제 수술 실력을 인정해서든 병원 홍보를 위해서든, 저한테 그만한 값어치가 있다는 뜻이죠."

"내가 아니면 할 수 없는 일이다."

"이건 제가 만든 판입니다."

"뭐?"

"그래서 할아버지가 제안을 하신 거고요."

"……"

"2주 주십시오."

이사장과 도수의 시선이 다시 한번 부딪혔다. 파지직, 전류가 흐르는 것 같은 착각이 들 만큼 팽팽한 긴장감이 흐르고.

그 순간, 상황 해제를 알리듯 호출기가 울려 퍼졌다.

삐비빅, 삐비빅.

손목에 찬 호출기를 확인한 도수가 고개를 꾸벅 숙이곤 차에서 내렸다.

타악.

차 문이 닫히는 것을 보면서도.

이사장은 그를 잡을 수 없었다.

"2주라."

2주 후에 과연 어떤 대답이 돌아올까?

왜 도수는 2주를 요구했을까?

이야기를 통해 알 수 있었던 건 2주의 시간을 요구한 게 단순히 환자 수술 때문만은 아니라는 점이었다.

'대체 뭘 하려는 거냐.'

창밖.

어둠 속으로 걸어 들어가는 도수의 뒷모습이 눈에 들어왔다. 그가 생전 처음 만난 손자는 품에 두고 키우기도 전에 이미 날개가 돋아 날아가 버리려고 한다. 이사장은 올 때보다 훨씬 착잡한 표정으로 고개를 돌렸다.

"가지."

＊　　　　＊　　　　＊

병원에 돌아온 도수는 레지던트 이시원의 굳은 표정을 볼 수 있었다.

"근무시간에 어딜 쏘다니는 거냐?"

"할아버지가 찾아오셔서 뵙고 왔습니다."

"뭐? 이 새벽에?"

새벽 네 시가 넘은 시간이다.

하지만 도수는 간단하게 대답했다.

"이제 한숨 돌릴 틈이 생겨서요."

응급실은 전날 아침 여섯 시부터 오늘 새벽 세 시까지 환자들로 붐볐다. 지금에서야 소강상태에 들어선 것이다. 물론 두세 시간 후면 다시 환자가 쏟아져 들어오겠지만.

하지만 이시원이 그를 호출한 건 그것 때문이 아니었다.

"내가 왜 불렀는지 알지?"

"모르겠습니다."

"하……."

한숨을 내쉰 그는 허리에 손을 얹고 물었다.

"똥 싸놓고 도망치면 전부야?"

"똥?"

도수가 미간을 찌푸리자.

이시원이 말했다.

"그래. 네가 멋대로 환자들을 처치하고 토끼는 바람에 다른 과에서 한 소리씩 하고 갔다."

"김 교수님 지시대로 한 겁니다."

"교수님 팔지 말고."

한마디로 자른 이시원이 덧붙였다.

"그 공정한 분을 어떻게 뒷배로 뒀는지 모르겠지만 우리 병원엔 김 교수님만 계시는 게 아니야. 네가 이런 식으로 설쳐대면 김 교수님도, 그리고 우리 응급실 식구들도 곤란해진다."

"이해합니다. 다만."

"다만?"

"그 공정한 분이 그런 결단을 내리신 데에는 그만한 이유가 있지 않을까요?"

"인턴. 너 지금 뭐라고 했냐."

"전 분명 해당 과 선생님들에게 모두 연락을 드렸습니다.

그분들이 내려올 때까지 환자들 상태가 더 악화되지 않도록 조치했고요. 응급실에서 해야 할 일을 한 건데 왜 문제가 되죠?"

"그건⋯⋯."

이시원은 말문이 턱 막혔다.

하지만 말을 꺼낸 이상 이대로 물러날 순 없었다.

"넌 인턴이야."

"알고 있습니다. 왜 자꾸 말씀들 해주시는지."

"네가 인턴답지 않으니까."

"평범한 경우는 아니죠."

뻔뻔한 대답에 이시원의 표정이 일그러졌다.

"그래서 노티도 없이 알아서 환자를 본 건가? 기어코 김 교수님 말씀대로 하겠다는 거냐?"

"네."

"뭐라고?"

"⋯하나만 묻죠. 혹시 제가 치료한 환자한테 문제가 생겼습니까?"

"지금 그걸 말이라고 묻는 건가?"

"환자한테 문제가 생겼나 해서요."

"문제가 생겼으면 넌 지금 이 자리 서 있지도 못했어!"

"그럼 문제없군요."

"뭐?"

"전 인턴이기 이전에 한 사람의 의사로서 제가 할 수 있는 최선의 치료를 했습니다. 그 덕분에 환자는 좀 더 편하고 빠르게 치료를 받았고요. 의사로서의 본분은 보다 안전하고 빠르게 환자를 치료를 하는 것. 그 행위가 어떤 행위보다 선행돼야 한다고 알고 있는데요."

"날 가르치는 건가?"

"그렇게 보이십니까?"

이시원의 표정이 일그러졌다. 이런 인턴은 정말이지 듣도 보도 못했다. 대체 어떻게 반응해야 할지 판단이 서지 않았다. 참을 수 없는 분노가 솟구쳤지만, 주먹을 날릴 수도 없는 노릇.

'이 자식을 어떡한다?'

지금 잡지 않으면 앞으로 계속 속을 썩일 것 같았다. 마음 같아선 정강이를 한 대 후려 차고 싶었지만 그마저도 녹록지 않다. 만취한 환자를 간단히 제압하던 모습을 봤기 때문이다.

'반격하지 않으리란 보장도 없는데.'

지금 두 사람을 지켜보고 있는 시선들.

싸움이 나면 단순히 쪽팔린 게 문제가 아니었다. 병원 전체가 후폭풍에 휩싸일 테고 징계위원회가 열릴 것이며 위로는 김광석부터 아래로는 이도수까지 누구 하나 책임 소지를 피할 수 없을 터였다.

"후……."

이시원은 참을 수밖에 없었다.

그리고 그 순간.

도수가 고개를 숙였다.

"더 하실 말씀 없으시면 저는 환자 보겠습니다."

그가 몸을 휙 돌렸지만, 이시원은 잡지 못했다.

당장 잡아 세운다 해도 어떻게 혼쭐을 내줘야 할지 감이
안 왔기 때문이다.

제6장

태풍이 들이닥치다

도수는 피식 웃었다.

다른 인턴 같으면 푹푹 한숨을 내쉬며 화장실 변기에 앉아 질질 짰을지도 모르지만, 그에게 이 정도 일은 아무것도 아니었다.

이시원이 어버버하며 박제된 시체로 실습했을 의대생 시절 도수는 배를 가르고 가슴을 가르며 숨이 꼴딱꼴딱 넘어가는 산 사람을 해체했다.

그뿐인가?

반군에 잡힌 적도 있고 군사 감옥에도 갇혔다. 그 와중에도 당황하거나 위축되지 않고 탈출을 했고 지휘관과 거래를 했다.

그토록 열악한 과정을 이겨내고 사람을 살려왔는데.

이시원의 압박은 차라리 귀여웠다.

'중증 외상을 전공으로 자원한 걸 보면 목적이 불순한 사람은 아니다.'

도수는 그렇게 단정 지었다.

중증 외상은 고생은 고생대로 하고 대접도 못 받는 분야다. 그렇다고 돈을 많이 버는 것도 아니다. 온갖 더러운 꼴은 다 보는 반면 병원에선 적자만 내는 과로 취급받는다. 고된 근무로 피곤해서 신경질적일 순 있어도, 환자에 대한 책임감과 사명감이 없으면 선택할 수 없는 전공인 셈이다.

이를 알고 있었기에 도수는 이시원을 마음껏 미워하지 않았다.

'최대한 빨리 실력을 보이는 수밖에.'

인턴이 인턴이란 직급을 벗어나지 못하는 이유는 두 가지다. 실력 미숙이나 책임에 대한 공포. 하지만 알고 보면 실력이 미숙해서 공포가 생기는 것이다.

물론 도수에게는 전혀 해당되지 않는 부분들이었다.

'인턴도 의사란 걸 보여주지.'

그는 스테이션을 벗어나 응급실을 가득 채운 환자들의 상태를 일일이 확인했다. 해가 뜨면 빠릿빠릿하게 중환자는 중환자실로, 입원이 필요한 환자는 입원실로, 퇴원이 가능한 환자는 집에 보내서 새로운 환자를 위한 자리를 만들어야 하기 때문이다.

"음."

지금은 응급실에 남는 자리가 없었지만 아침이 되면 삼십 명 정도는 빠질 것 같았다. 간단한 치료를 받고 돌아가는 환자들을 감안하면 하루에 백 명 정도 환자들을 받을 수 있었다.

머릿속으로 시뮬레이션을 돌린 도수는 잠깐이라도 눈을 붙이기 위해 숙직실로 갔다.

털썩.

몸을 던지자 졸음이 쏟아졌다.

눈꺼풀이 천근만근 무겁다.

전신은 뜨거운 물에 용해되듯 흐물거렸고.

의식도 붕 떴다.

"하아."

도수는 꿈나라로 달아나려는 의식의 끈을 단단히 붙잡고 자신만 가진 특별한 능력. '투시력'에 대해 떠올렸다. 바빠서 못 느끼고 있었지만 라크리마에서처럼 조금씩 발전하고 있었다.

응급실에 넘쳐나는 환자.

그들에게 투시력을 써도 크게 지치지 않는 건 단순히 체력이 늘어서만은 아니었다. 보는 환자 수가 늘어날수록 투시력을 쓰는 것도 점점 능숙해졌다. 딱 필요한 부위만 투시해 최소한의 체력 소모로 최대의 효율을 얻어내고 있는 것이다.

'아직 더 발전할 수 있어.'

아직 해당 부위에 위치한 혈관, 뼈, 장기를 함께 보는 정도였다.

하지만 투시력을 쓰는 행위가 능숙해지면 혈관, 뼈, 장기들 중 보고 싶은 것만 골라서 볼 수 있을 것 같았다. 마치 엑스레이처럼.

'그럼 체력 소모도 줄겠지.'

그리고 또 하나.

도수가 궁금한 건 혈관, 뼈, 장기 이상. '세포조직이나 신경까지 투시할 수 있는가'에 대한 의문이었다. 이런 기대를 갖는 건 투시력이 라크리마에서보다 훨씬 더 정밀해졌기 때문이다. 서서히 정밀해졌는데, 심장이면 심장질환 환자를 많이 볼수록 더 정밀하게 볼 수 있게 됐다.

물론 더 집중하고 더 정밀해질수록 체력 소모도 비례하지만.

어쨌든 투시력이 더 이상 발전할 수 없을 만큼 컨트롤이 되

고 정밀해진다면 지금보다 훨씬 더 심각한 중태의 환자들을
살릴 수 있게 될 거라는 점은 분명했다.

그 순간.

삐비빅. 삐비빅.

호출기가 울렸다.

스윽, 눈을 뜬 도수는 시간을 확인했다. 분명 '투시력'에 대
해 고민하고 있었던 것 같은데 한 시간이 훌쩍 지나 있었다.

아직 방 안은 어둑어둑했지만 이 층 침대에 있던 임재영도
눈을 떴다.

"아, 뒈지겠다. 진짜⋯⋯."

도수는 대답하지 않고 커튼을 열어젖혔다.

타타타타타타!

창밖에는 아직 프로펠러가 돌아가고 있는 구조용 헬기 한
대가 착륙해 있었다.

뭐라고 소리를 지르며 스트레처 카를 밀고 달려오는 의료
진들.

그리고 그 선두에서 달리는 김광석 교수는 얼굴이며 복장
이 온통 피투성이였다.

"⋯⋯!"

도수와 임재영은 제자리에 못 박힌듯 굳어버렸다.

뒤따르는 사이렌 소리와 불빛.

다섯 대도 넘는 구급차들이 줄지어 들이닥치고 있었던 것
이다.

*　　　*　　　*

"젠장, 저게 다 뭐야……?"

임재영의 잇새로 신음 같은 한마디가 흘러나왔다.

고작 한 시간 남짓. 잠깐 눈을 붙인 새 무슨 일이 벌어졌단
말인가?

"가죠."

도수와 임재영은 머리도 못 감은 채 밖으로 튀어 나갔다.
이미 응급실은 한바탕 홍역을 치르고 있었다.

새벽 네 시.

다른 과에서 당직들이 모조리 지원을 내려왔고 이시원이 그
들을 지휘했다.

수술방 준비하고, 혈액 받아놓고, 이동식 엑스레이와 CT 대
기시키고, 교수님부터 인턴까지 모조리 개인 번호로 전화를
돌렸다.

간호사들도 바쁘긴 매한가지였다. 다들 바쁘게 뛰어다니며
각종 생명 유지 장치를 준비하고 침대를 들여놓고 환자를 눕
힐 공간을 구석구석 확보했다.

그 모습을 보던 임재영은 기가 질려서 중얼거렸다.

"대체 어떻게 된 거야?"

하지만 대답해 줄 사람이 없었다.

이시원의 화살 같은 말이 날아들었다.

"뭐 하고 섰어? 빨리빨리 안 움직이고!"

뭘 하라고 말도 안 한다.

자기 할 일은 알아서 찾아서 움직여라.

그 뜻이다.

임재영은 머리가 굳었는지 제자리에 얼어붙었다. 마치 혼자
만 시간이 멈춘 것처럼.

타악!

어깨를 때린 도수가 귀에다 대고 소리쳤다.

"당장 혈액 받아 와요! 혈액 받을 수 있는 병원에 모조리 전
화 돌리고!"

"......!"

그제야 임재영의 시간이 흘렀다. 고개를 수차례 끄덕인 그
는 벼락을 맞은 것처럼 몸을 한차례 부르르 떨더니 스테이션
으로 달려갔다.

한편 뒤에 남은 도수는 응급실을 가로지르고 있는 스트레
처 카에 바짝 붙어서 환자 상태를 확인했다.

샤아아아아아아아.

투시력이 발동되고.

스트레처 카 위에 누워 있는 30대 여성 환자의 배 속이 눈에 들어왔다.

비장파열이다.

그런데 문제는…….

'젠장.'

복강 내 출혈로 인해 배가 불러온 게 아닌 임산부다. 그녀의 자궁에는 떡하니 태아가 자리 잡고 있었던 것이다.

이런 상황에서 복부 수술을 하려면 더 힘들어진다. 자궁이 커지면서 복강 안의 공간이 줄어들고 장기들은 위로 밀려 올라가 위치가 바뀌어 있었다.

이렇게 되면 복부 절개 위치도 바꾸고 수술하면서 위치를 알아볼 수 있는 해부학적 표식 역시 바꿔야 하므로 더 어려운 수술이 될 수밖에 없다.

그나마 희망적인 점은 환자가 의식이 있다는 것.

입이 타들어가는 느낌을 받은 도수가 물었다.

"산모입니까?"

김광석이 하얗게 탈색된 얼굴로 고개를 끄덕였다.

"32주다."

32주.

그 말을 들은 도수는 심장이 쿵 내려앉았다. 34주 이후라면 태아 스스로 호흡을 할 수 있다. 그러나 34주 전이라면 태아 스스로 호흡할 수 없다. 산모뿐 아니라 태아한테도 여러 가지 조치들이 필요해진다는 뜻이다.

"소아과에 연락해 두겠습니다."

"잠깐."

김광석이 도수의 발목을 잡았다. 그는 스트레처 카에 붙어 있는 간호사에게 말했다.

"한 선생. 부탁 좀 하지."

"네, 교수님!"

그녀가 스테이션으로 달려가자.

김광석이 도수에게 말했다.

"넌 지금부터 수술만 한다."

"수술이요?"

"그래. 나머진 인턴들이나 간호사들에게 맡기도록."

도수도 인턴이다.

하지만 김광석의 눈에는 지금 벌어진 상황에 누구보다 필요한 써전이었다.

"이대로 환자 모시고 당장 수술방 올라가. 팀은 꾸려서 올려 보내마."

"······."

도수는 토를 달지 않았다. 수술 자체는 도수가 빠를지 몰라도 상황 대처나 팀을 꾸리는 건 병원 안 사정을 빠삭하게 꿰고 있는 김광석이 빠를 수밖에 없었다.

"알겠습니다."

"도수야."

"네?"

김광석은 스트레처 카에서 떨어지기 전 마지막으로 물었다.

"할 수 있지?"

도수는 환자를 일별했다. 하나지만 둘. 꺼져가는 생명이 이제 막 피어나려는 생명을 품고 있다.

"둘 다 살려보겠습니다."

김광석은 고개를 끄덕인 뒤 스트레처 카에서 떨어졌다.

도수는 엘리베이터를 타고 수술실로 올라갔다.

'왜 이렇게 느려?'

평소 순식간에 오르락내리락하던 엘리베이터가 굼벵이 줄타기를 하고 있었다. 층마다 불이 들어오는데 그렇게 느릿느릿할 수가 없다.

"어떻게 된 겁니까? 준비할 새도 없이."

도수가 묻자 함께 현장에 나갔던 간호사가 대답했다.

"인근 병원들이 전부 다 차서 우리 병원으로 방향을 틀 수밖에 없었어요. 앞으로도 계속 들어올 거예요."

횡설수설이다.

"무슨 일이 있었냐고요."

"건물이 붕괴됐습니다."

질끈.

도수가 눈을 감았다.

'폭발로 인한 붕괴가 아닌 걸 감사하게 여겨야 하나?'

폭발로 인해 건물이 무너졌다면 지금보다 훨씬 심각한 상태의 환자들이 들이닥쳤을 것이다.

대부분은 사망했을 테고.

하지만.

'아직 살릴 수 있어.'

헬기 안에서 응급처치를 했는지 피 주머니 절반을 채운 혈액이 산모와 태아에게 계속 흘러 들어가고 있었다.

그 순간.

띵!

하고 엘리베이터 문이 스르륵 열렸다.

"갑시다."

촤라라라라락!

스트레처 카를 밀고 수술실까지 달리는 그들.

일분일초가 급박했다.

　　　　　*　　　　　　*　　　　　　*

　"이시원 선생, 지금 당장 6번 수술방으로 가!"

　김광석이 온몸에 환자의 피를 뒤집어쓴 채 야차처럼 외쳤다. 그는 환자의 출혈을 막으며 두 눈을 번들거리고 있었다.

　그 모습에 기가 눌린 이시원은 감히 아무것도 묻지 못하고 수술방으로 갔다. 손을 소독하고 수술실 문 앞에 서자, 자동문이 스르륵 열렸다.

　"어?"

　반대편에 서 있는 사람.

　산모 왼쪽에 서서 당장에라도 배를 가를 기세인 사람.

　수술복을 입고 마스크를 쓴 채 큰 눈으로 그를 바라보고 있는 의사가 바로 이도수였던 것이다.

　'이게 어떻게 된 거지?'

　환자는 잠들어 있었지만 심지어 마취과 선생도 보이지 않았다.

　이시원은 입을 더듬다 물었다.

　"네가 왜 여기 있어?"

　아직 환자 상태도 제대로 전달받지 못한 응급 상황.

　이시원은 이도수 같은 풋내기에게 어시스트를 받을 생각이 없었다.

하지만 중요한 것은 어시스트를 서는 쪽은 도수가 아니라는 점.

"제 앞으로 오세요. 태아가 다치지 않게 조심해서 비장 적출부터 할 겁니다."

그 말에 환자에 대한 모든 정보가 포함돼 있었다.

지금 이 수술이 비장 파열된 산모한테서 비장을 적출하는 수술이고, 태아도 자연분만이 아닌 제왕절개를 해야 한다는 뜻.

어려운 수술이다.

특히 임산부에 응급 상황이라면 더 힘든 수술.

레지던트 2년 차인 이시원이 감당할 수 있는 수술이 아니란 의미였다.

"…지금 같은 상황에 네가 직접 메스를 잡겠다고?"

그를 흘깃 본 도수가 한발 물러서며 메스를 내밀었다.

"직접 하실래요?"

"……"

이시원은 대답하지 못했다.

칼자루를 넘겨준다 해도 어버버하다 환자를 잃을 테니까.

도수는 맞은편을 눈짓했다.

"이리 오시죠."

우두커니 서 있던 이시원은 마지못해 걸음을 옮겼다.

저벅, 저벅.

수술대 앞으로 걸어가며 혼잡한 감정들이 스쳐 지나갔다.

'어떻게 인턴한테 수술을……'

김광석을 원망하는 마음도 들었다. 인턴이 수술한다는 사실 자체에서 밀려오는 이질감도 어마어마했다. 레지던트도 엄두를 내지 못하는 수술을 잘 해낼 수 있다고 자신하는 인턴 이도수도 미덥지 못했다.

라크리마에서 어려운 수술을 해냈다고 한들, 모든 수술을 할 수 있는 건 아니지 않겠는가?

만약 환자가 잘못되기라도 하면 그 책임은?

심적인 책임과 현실적인 책임이 응급실 소속 모두를 무겁게 짓누를 것이다.

이 수술방에 있었던 사람들은 몇 배 더 힘들 테고.

턱.

걸음을 멈춘 이시원이 도수를 마주 보며 물었다.

"정말 할 수 있다고?"

"네."

"환자를 잃기라도 하면 우린 끔찍한 결과를 초래하게 될 거다."

"환자가 사망하는 것보다 끔찍한 결말이 있을까요."

"말장난하지 말고."

이시원은 아직도 망설이고 있었다.

그게 느껴진 도수는 그를 빤히 응시하며 말했다.

"무서우면 나가셔도 됩니다."

"뭐? 너 뭐라고 했어?"

"저는 두렵지 않아요. 어떤 책임이든 사람 몸에 칼을 댄 순
간부터 각오했습니다. 지금은 이 환자와 배 속 아이의 생존을
위해 힘닿는 데까지 애쓸 뿐입니다."

"……."

한숨을 내쉰 도수가 입을 열었다.

"그럼 시작하시죠. 칼."

눈치를 보던 간호사가 메스를 건네주었다.

턱.

마침내 도수의 손에 메스가 들렸다.

두근, 두근.

조용한 심장박동이 온몸 구석구석 신경 마디마디 파고든
다.

얼마만의 수술이던가?

샤아아아아아.

투시력이 발동했다.

그러자 환자의 복부가 반투명하게 보이기 시작했다.

췌장, 비장. 그리고 두 장기를 잇고 있는 동맥들과 정맥들이

시야에 가득 찼다.

'깨끗하게 해드리죠. 잘 부탁드립니다.'

속으로 얘기한 도수는 메스를 가져다 댔다.

그러자 이시원이 물었다.

"비장 위치 확실해?"

장기가 죄다 밀려 올라갔을 텐데도.

도수는 거침없이 배를 갈랐다.

스으윽.

피가 질질 샜다.

"확실합니다."

도수는 다시 복막을 가르고 들어갔다.

동시에 이시원이 두 눈을 치떴다. 가장 잘 보이는 각도에서, 비장이 버젓이 모습을 드러낸 것이다.

제7장

실력을 드러내다

'절개 부위가 왜 이렇게 좁아?'

이시원은 선뜻 이해할 수 없었다.

물론 환자 몸에 수술 자국이 크게 남아서 좋을 건 없다. 하지만 너무 좁은 부위를 절개했을 시 수술 자체도 어려워질 수밖에 없다.

지금이 딱 그랬다.

시야 확보는 됐지만 어쨌든 안쪽으로 손을 집어넣어 가며 수술해야 하는데 절개 부위가 너무 좁은 것이다.

'젠장.'

조마조마했다.

그렇다고 수술 중에 말을 걸 수도 없는 노릇.

괜히 집중력을 깨면 당장에라도 실수를 저지를 것 같아 지켜볼 수밖에 없었다.

복잡한 틈을 비집고 도수의 목소리가 파고들었다.

"클램프."

한순간 반응이 늦다.

도수가 덧붙였다.

"집중하세요."

쳐다도 안 보고 던진 말.

이시원은 뜨끔했지만 내색하지 않고 클램프를 건넸다.

도수는 너무도 능숙하게 비장과 연결된 동맥과 정맥의 분지(分枝: 원줄기에서 뻗어나간 가지)를 찾아 클램프로 집었다.

턱.

순식간이다.

턱, 턱.

"······!"

마치 숱한 수술을 해본 써전 같았다.

몇 차례 어시스트를 섰던 경험이 있는 이시원은 심장이 덜컥 내려앉을 정도로 충격을 받았다.

거침없는 손놀림에 한 번 놀랐고, 복잡하게 엉켜 있는 혈관

분지들 중 비장과 연결된 분지만 단번에 찾아내는 솜씨에 경악했다.

그때 서서히 차오른 핏물이 혈관들을 잠식했다. 이렇게 되면 분지를 찾는 게 더 힘들어진다.

따라서 이시원은 피를 빨아들이기 위해 석션기를 들었다.

하지만 그 순간.

도수가 말했다.

"내려놓으세요."

"뭘……?"

이시원은 알아들을 수 없었다. 설마 석션을 안 한다는 뜻은 아닐 것이다. 피로 가득 차서 시야 확보도 안 되는 상태로 수술을 할 순 없으니까.

하지만 절대 아닐 거라는 그 생각은 정확했다.

"환자 자궁에는 아기가 있어요. 이리게이션과 석션은 마지막에 한 번만 합니다."

"그게……."

이시원은 말을 잇지 못했다.

분명 핏물이 혈관들을 감추고 있는데.

이대로 수술하는 건 불가능한데.

도수의 손은 망설임 없이 움직이고 있었던 것이다.

샤아아아아아아.

투시력이 끊임없이 발휘되며 체력을 소모시켰다. 하지만 이 정도는 충분히 버틸 수 있었다. 시야 확보를 해야 하는 최소한의 범위만 투시를 하고 있기 때문이다. 이 모든 건 능력을 컨트롤할 수 있는 역량이 늘어난 덕분이었다.

"괜찮아요. 가위."

흠칫.

이시원이 넋이 나간 표정으로 가위를 건넸다.

분명 핏물이 혈관들을 감추고 있는데.

도수는 손을 계속 움직이고 있다.

'…뭐야?'

환자가 숨을 쉴 때마다 장기들과 동맥, 정맥이 미세하게 떨린다.

그 리듬 속으로 도수의 손놀림이 녹아들었다.

스윽, 슥.

너무나 쉽게.

끊임없이 분지들을 찾아 클램프로 집고 실로 묶고 잘라내는 도수.

서걱.

'이, 이게 말이 돼?'

이시원은 지금 상황을 전혀 이해할 수 없었다. 아니, 앞으로도 절대 이해할 수 없을 거라는 예감이 들었다. 마스크 아래로 벌린 입을 다물지 못한 채 지켜볼 뿐이었다.

핏물에 잠겨 눈곱만큼도 안 보이는 분지들을 단 한 번도 빗나가지도 않고 찾아내 처리하고 있는 것이다. 마치 핏물 속을 훤히 들여다보고 있기라도 한 듯이.

손의 움직임은 또 어떠한가.

'현란하다'는 말이 부족했다. 도수는 최소한의 움직임만으로 수술을 하고 있었다. 췌장과 혈관을 실로 묶는 타이 동작은 교수님들도 줄줄이 울고 갈 만큼 신속하고 부드러웠다.

당연히 수술도 물 흐르듯 진행됐다.

이시원은 고개를 들어 도수의 얼굴을 보았다. 이미 그의 뇌리에 '인턴'이라는 두 글자는 지워진 뒤였다. 눈앞에 있는 수술 괴물이 인턴이라면 자신은 모형 청진기로 병원놀이나 하는 유치원생과 다를 바 없을 것이다.

'미친.'

자기도 모르게.

김광석 교수를 납득하고 있었다.

왜 도수를 수술방에 올려 보냈는지.

이 수술을 집도하게 했는지.

무수한 반발이 뒤따를 걸 알면서도 '한 명이라도 더 많은 환자를 살린다'는 명목하에 특권을 쥐여준 것인지.

단단히 묶여 있던 매듭이 풀리듯 전부 다 이해가 됐다.

왜냐고?

이시원이라도 그랬을 테니까. 단순히 저널에 공개된 특정 수술 영상이 아니라 도수의 실력을 직접 보았다면 그를 신뢰할 수밖에 없었을 테니까.

얼굴이 화끈 달아올랐다.

'내가 무슨 말을 했던 거지?'

이런 이도수를 상대로.

자신이 무슨 텃세를 부렸던 걸까.

그 순간, 도수가 입을 열었다.

"정신 차리세요. 비장 적출합니다."

이시원은 고개를 끄덕였다. 한마디도 토를 달지 않고 절개 부위를 벌리며 어시스트를 했다.

그러자 도수가 비장을 들어냈다.

"이쪽은 마무리됐습니다. 이리게이션이랑 석션 해주세요."

이시원은 군말 없이 이리게이션과 석션을 실행했다. 최대한 조심해서 비장을 적출한 환자의 배 속을 깨끗이 소독하는 것이다.

치이이이이익.

이내 그 과정이 끝나자.

장갑을 바꿔 낀 도수가 재차 입을 열었다.

"피 새로 매다세요. 이제부터 시작입니다."

애초에 이 수술의 목적은 비장 적출이 아니었다.

다친 산모와 산모 배 속에 들어 있는 아이.

두 모자(母子)의 생명을 모두 구하는 것이 이번 수술의 최종 목적인 것이다.

*　　　　　*　　　　　*

삑. 삑. 삑. 삑.

"혈압 안정적입니다."

노련한 간호사가 마취과 선생 대신 말했다.

고개를 끄덕인 도수는 자궁 상태를 확인했다.

샤아아아아아아.

다행히.

자궁 쪽에는 별다른 문제가 없었다.

"수혈이 가장 중요합니다. 피 주머니 최대한 많이 준비해 주세요."

"오 형 적혈구 백오십 씨씨 세 팩 준비해 뒀습니다."

"이유리 교수님은 언제 오신답니까?"

이유리는 소아과 전문의였다.

제왕절개 시 소아과 전문의가 대기하고 있어야 하는 게 매뉴얼.

하지만 지금은 새벽 네 시에 수십 명의 환자가 들이닥친 비상 상황이었다.

남는 의사가 있을 턱이 없다.

"지금 오고 있으시답니다. 십오 분 정도 걸리신다고……."

"당직 선생님은요?"

"응급실에 가 계세요. 소아 환자들이 많아서."

그쪽이 훨씬 더 급박할 건 안 봐도 비디오였다.

나지막이 한숨을 내쉰 도수가 말했다.

"칼."

"하지만 선생님."

간호사가 망설이자 도수가 말을 이었다.

"언제 기다립니까? 수술하고 있으면 오실 겁니다. 칼 주세요."

"아… 네."

간호사는 이시원을 흘깃 봤지만 아무런 반응이 없었기에 메스를 건넸다.

샤아아아아아아.

다시 칼자루를 쥔 도수.

그는 칼끝을 자궁이 있는 위치로 가져갔다. 비장 적출을 위해선 마취가 불가피했기 때문에 자연분만은 무리. 제왕절개를 해야 했다.

스윽!

배를 가르자 자궁이 눈에 들어왔다.

투시력으로 보는 반투명한 자궁이 아닌, 커질 대로 커진 32주 차 자궁이었다.

도수는 자궁에 칼집을 낸 뒤 말했다.

"가위."

틱.

서걱, 서걱.

칼집을 낸 방향으로 자궁을 자르자.

순식간에 출혈이 발생하며 핏물이 퍼졌다.

"……!"

소아과 수술에 들어와 본 적이 없던 간호사들이나 이시원이 당황했지만 도수는 침착하게 자궁 새로 보이는 태아의 머리를 잡았다.

쑤욱!

단숨에 태아를 끌어내는 도수.

태아를 두 손으로 받치며 그가 말했다.

"이시원 선생님."

이시원은 하얗게 탈색된 안색으로 그를 보았다.

이내 도수가 말했다.

"탯줄을 삼 센티 간격으로 켈리(Kelly: 의료용 겸자의 한 종류)로 고정하고 자르세요."

눈짓하자 이시원이 반응해 움직였다. 조심스럽게 탯줄을 켈리로 집고 가위로 잘랐다.

타악!

탯줄이 잘려 나가는 순간.

이시원과 간호사들이 동시에 안도의 한숨을 토해냈다.

"후······."

하지만 도수의 눈은 아직도 인큐베이터로 옮겨지는 태아에게 머물러 있었다.

샤아아아아아.

투시력으로 번뜩이는 두 눈.

워낙 응급수술이었던지라 다른 의료진들은 미처 환자 상태를 확인할 겨를도 없이 수술방에 들어왔다. 그러나 도수는 태아가 34주 이전에 태어났다는 사실을 알고 있었기에 폐 숙성이 덜 된 것을 확인한 것이다.

이렇게 되면 태아는 혼자서 호흡할 수가 없다.

도수는 시험을 보기 전 공부했던 대로 즉각적인 처방을 내렸다.

"태아에게 암피실린(Ampicillin: 항생제의 일종). 그리고 프레드니솔론(Prednisolone: 스테로이드제의 일종)을 주세요. 폐 성숙을 촉진시켜야 합니다."

완벽한 수술 끝에 처방까지.

이시원은 마치 김광석과 같은 수술방에 들어온 것 같은 느낌을 받았다. 아니, 어쩌면 김광석이라도 지금처럼 신속하고 깔끔하게 수술을 끝내진 못했을지도 모른다.

'내가 지금… 이 녀석을 교수님보다 더 뛰어난 써전이라고 생각한 건가?'

이시원은 스스로 머리가 어떻게 된 건 아닐까 의심했지만, 그 순간 수술 내내 봐왔던 장면들이 뇌리를 스쳤다.

'어쩌면 정말일지도.'

그때 도수가 환자에게서 손을 떼며 장갑을 벗었다.

"……?"

이시원이 그를 바라보자.

도수가 말했다.

"마무리 좀 부탁드리겠습니다."

이시원은 레지던트 2년 차다.

그것도 응급실에서 여러 번 응급수술을 해봤기에 실력이 좋은 편이었다. 수술이 다 끝난 환자의 절개부를 봉합하는 일 정도는 언제든 할 수 있었다.

하지만 이건 자존심 문제다.

인턴이 수술 집도를 하며 레지던트를 어시스트로 삼은 것도 모자라 뒤치다꺼리까지 맡기는 셈이니까.

그렇다고 해도.

이시원은 조금도 자존심이 상하지 않았다.

"알겠다. 여긴 내가 마무리하고 갈 테니까 가봐."

"예, 그럼."

고개를 숙인 도수가 몸을 돌려 문으로 다가갔다.

그가 이시원에게 마무리를 맡긴 이유는 간단했다. 첫째, 투시력을 쓰기 위해선 집중력과 체력을 최대한 아껴야 했고. 둘째, 지금도 응급실에 북적이고 있을 환자들을 한 명이라도 더 봐야 했다.

각 과 의사들이 모두 병원에 들어오면 어느 정도 상황이 나아질지도 모르겠지만, 현재로서 가장 신속하고 정확하게 처치할 수 있는 사람은 이 병원에 김광석과 도수. 단둘뿐이었기 때문이다.

그가 문 앞에 서자 드르륵, 문이 열렸다. 문이 열리자마자 맞은편에 서서 도수를 응시하는 한 사람.

바로 소아과 전문의 이유리였다.

"넌……?"

"응급실 인턴 이도수입니다."

"네가 왜 여기 있어?"

이유리는 도수의 어깨 너머를 보았다.

"온 지 얼마 되지도 않았는데 벌써 이시원 어시스트를 했던 거야? 아니면 심부름?"

인턴이 심부름꾼도 아니고 심부름이라니.

도수는 대답 대신 간호사에게 고개를 돌렸다.

"인큐베이터 주세요."

"인큐베이터?"

이유리가 상황 파악을 못 해 되묻는 사이.

간호사가 태아가 누워 있는 인큐베이터를 가져왔다.

"뭐야? 태아를 꺼냈어? 산모는?"

도수는 최대한 간결하게 설명했다.

"산모는 그대로 두면 위급해질 수 있는 상태였습니다. 그래서 비장 적출을 하고 제왕절개 후 태아를 꺼냈습니다. 태아는 32주라 항생제와 스테로이드를 처방했고, 산모는 회복만 하면 되는 상황입니다."

"항생제는?"

"암피실린입니다."

"스테로이드는?"

"프레드니솔론을 투약했습니다."

거침없는 대답.

냉막한 인상의 이유리는 도수를 빤히 응시했다.

"……."

"……."

시선이 얽히고.
마침내 이유리가 입을 열었다.
"와우."

제8장

상황은 끝나지 않는다

순간 차가운 인상이 해빙되며 미소가 떠올랐다.

"너 걔지? 라크리마에서 왔다는 애."

"네."

"김 교수님 말씀처럼 제법이다, 애."

"감사합니다."

"인턴이 어시스트 서면서 어떤 수술을 했는지, 어떤 항생제를 처방했는지까지 정확히 파악해서 얘기하긴 쉽지 않거든. 응급실 애들은 다 이렇게 똑똑한가?"

피식 웃은 그녀가 막 봉합을 끝내고 다가온 이시원을 눈짓했다.

"레지던트 2년 차가 이렇게 어려운 수술을 다 하고. 아주 훌륭해."

그녀는 도수가 이 모든 일을 해냈을 거라곤 상상도 못 하는지 아주 확신을 하고 있었다.

도수는 말해봐야 귀찮은 일이 생길 걸 알기에 별말을 하지 않았지만 레지던트 이시원의 입까지 막진 못했다.

"교수님, 사실… 제가 아니라 이도수 선생이 했습니다."

얼씨구.

말끝마다 인턴, 인턴 면박을 주더니 이젠 이도수 선생이란다.

그러나 이유리는 선뜻 알아듣지 못했다.

"뭘 해?"

"이도수 선생이 수술을 했습니다. 비장 적출, 제왕절개, 처방까지… 모두 이도수 선생이 했습니다. 김광석 교수님의 허락 하에 환자를 살린 겁니다. 여기 이 선생이요."

이시원의 한쪽 얼굴 근육이 씰룩였다.

자, 보라고.

우리 외상센터 인턴은 이 정도라고.

이제는 자랑 비슷한 걸 하고 있는 것이다.

'이래도 되나?'

사람이 갑자기 바뀌면 죽을 날이 됐다는 뜻이라던데.

도수는 지금 이 상황이 당황스럽기 그지없었다.

*   *   *

한편 이시원과 도수를 번갈아 쳐다본 소아과 교수 이유리는 혼란스러운 표정이 됐다.

'정말 얘가 수술을 했다고? 인턴이?'

황당하기 그지없는 상황이었지만 놀랍게도 그녀는 어느 정도 수긍이 갔다. 의학 저널을 통해 공개된 도수의 수술 장면이 떠오른 것이다. 레지던트 2년 차인 이시원은 정확한 수준을 알아보지 못했지만, 미국에서 공부할 때 소아외과를 전공했던 이유리는 도수가 했던 외과 수술이 얼마나 어려운 것인지 정확히 파악하고 있었다.

수술 자체도 힘든 수술이었고 귀신같은 손놀림도 편집된 거라는 착각이 들 만큼 놀라웠지만, 그보다 더 충격적인 건 소생 가능성이 희박한 환자를 살려냈다는 결과였다.

그래서 그녀는 추궁하는 걸 보류했다.

"…일단 이 문제는 나중에 얘기하자. 둘 다 빨리 응급실로 내려가 봐."

"알겠습니다!"

이시원은 도수의 손목을 잡아끌며 수술실을 나섰다. 두 사람이 함께 복도로 나와 고개를 돌린 순간.

이시원이 신음처럼 중얼거렸다.

"이게 다 뭐야?"

열 개가 넘는 수술실에 일제히 초록색 불이 들어와 있었던 것이다.

수술 중이라는 뜻.

새벽 네 시에 흔히 볼 수 없는 광경이었다.

곁에 있던 도수가 입을 뗐다.

"…빨리 가죠."

고개를 끄덕인 이시원은 도수와 함께 응급실로 내려왔다.

바로 그때.

사복에 대충 가운만 걸친 응급의학과 교수 양진명이 이시원을 발견하고 말했다.

"시원이는 나랑 수술 들어가자. 인턴, 넌 응급실에서 대기하고."

왜인지 도수 눈치를 본 이시원이 대답했다.

"네, 알겠습니다."

"환자 상태는 가면서 설명해 줄 테니까……."

양진명과 이시원이 멀어지자 홀로 남은 도수는 응급실을 둘러봤다.

또 한 명의 환자가 스트레처 카에 실려 들어오고 있었다.

피투성이가 된 어린아이였다.

"선생님!"

구급대원이 외쳤다.

그 순간.

엎친 데 덮친 격으로 연이어 한 사람이 더 실려 왔다.

차르르르르륵!

"아이 어머니입니다!"

그녀 역시 방금 전 아이처럼 피투성이였다.

샤아아아아아아.

투시력이 발현되고.

"환자분, 여기가 어딘지……."

도수는 말을 멈췄다.

두개강 안쪽의 심한 출혈.

붉은 핏물이 뇌를 절반 가까이 물들이며 압박하고 있었다.

이미 출혈이 이 정도 진행됐다면 생존할 수 있는 경계선을
넘은 것이다.

순간 환자가 간신히 한 단어를 뱉어냈다.

"…유빈……."

아이 이름을 묻지 않아도 알 수 있었다.

꽈악.

도수는 주먹을 움켜쥐었다.

이미 불가능한 수술을 여러 차례 성공했던 그였다. 하지만 지금, 그는 아이 엄마에게 해줄 수 있는 게 없었다.

머릿속으로 부모님을 잃던 순간이 떠올랐다.

'지금이나 그때나… 똑같다……!'

"유빈… 유빈……."

생명의 불씨가 꺼져가고 있었다.

꺼져가는 와중에도 계속 아이 이름만을 반복하는 어머니.

그리고 아이가 눈물이 그렁그렁한 얼굴로 외쳤다.

"엄마아… 으아앙! 엄마……!"

피 묻은 작은 손이 도수의 소맷자락을 잡았다. 당장에라도 놓칠 듯이.

"살려주세요……! 엄마! 살려주세요……!"

"……."

난생처음 경험해 보는 참기 힘든 고통을 겪고 있을 아이. 불과 열 살도 안 되어 보이는 아이가 자기 몸보다 엄마를 걱정하고 있다.

그리고 어머니는 죽음의 그림자가 완전히 그녀를 뒤덮은 상황에서조차 아이 이름을 부르며 사경을 헤매고 있었다.

도수는 다시 어머니에게 고개를 돌리며 말했다.

"아드님은 제가 반드시 치료하겠습니다."

아마 들리지 않았을 것이다.

들리지 않을 걸 알았음에도 얘기하지 않을 수 없었다.

그렇게 말한 도수는 그녀에게서 몸을 돌렸다. 그리고 아이의 상태를 살폈다.

샤아아아아아.

"살려… 주세요……."

아이의 간절한 애원이 비수처럼 가슴을 파고들었지만, 그는 최선을 다했다. 라크리마에서 그러했듯 자신이 할 수 있는 일을 할 뿐이다. 여러 차례 겪는 상황임에도 그는 전혀 적응이 안 됐다.

'…이런.'

아이 쪽도 상태가 안 좋긴 마찬가지였다. 아이 엄마만큼은 아니지만 당장 응급수술이 필요한 상황이다.

일단 왼쪽 가슴 속 갈비뼈가 골절되면서 왼쪽 폐를 찔렀다. 폐가 찢어져 혈흉이 생겼고, 간도 파열된 상태였다. 팔꿈치와 무릎관절의 출혈은 그에 비하면 사소해 보일 정도였다.

문제는 출혈.

도수는 뭔가 이질적인 느낌을 받았다.

'너무 빨라.'

기하급수적으로 피가 빠져나가고 있었다. 심각한 외상 환자를 수도 없이 봐왔던 도수이기에 남들은 느끼지 못할 출혈량을 직감할 수 있었다.

'다친 정도에 비해… 보통 사람들보다 훨씬 더 많은 출혈량이다.'

숱한 경험과 예리한 감각을 가진 의사들조차 수술을 할 때만 눈치챌 수 있는 부분.

하지만 도수는 투시력으로 즉시 알아채고 간호사에게 말했다.

"바로 씨티 찍을게요."

투시력으로 판단했다고 말할 수는 없었기에 이동식 씨티로 검사부터 지시했다.

그러고는 막 엘리베이터에서 나오고 있는 인턴 동기 임재영에게 외쳤다.

"여기!"

쓰러질 듯 구부정하게 기어 나오던 임재영이 고개를 돌렸다.

그러자 도수가 손짓했다.

"저건 또 왜 부르고 지랄이야… 같은 인턴끼리."

안 들리게 중얼거린 임재영이 투덜거리면서도 달려왔다. 한눈에 봐도 도수 앞에 있는 환자들 상태가 위중해 보였기 때문이다.

임재영은 애 엄마를 보자마자 물었다.

"뭐 하는 거야? 당장 씨피알 안 하고……!"

도수는 고개를 저었다.

이미 사망했다는 뜻.

임재영이 부르르 몸을 떨자, 그가 덧붙였다.

"이쪽부터."

아이가 들을까 봐 최대한 말을 아꼈다.

임재영은 눈치 빠르게 대처하며 물었다.

"…뭘 하면 돼?"

"응고 선별검사랑 혼합 검사, 혈소판 수치 검사요."

"바로 의뢰할게."

고개를 끄덕인 도수가 말했다.

"그리고 피 주머니 최대한 많이 받아다 주세요."

"최대한 많이? 몇 개나……."

"있는 대로 다요."

"있는 대로?"

고개를 끄덕인 도수가 상상만 해도 아찔한 선고를 내렸다.

"이 아이, 헤모필리아(Hemophilia: 혈액응고장애)일지도 모릅니다."

"혀, 혈우병?"

"네."

임재영은 눈을 질끈 감았다. 시간이 많다면 혈우병 유형을 검사하고 그에 맞춰 부족한 응고인자 농축액을 주면 되겠지만 지금은 응급 상황.

수술을 미룰 수도 없었다. 역시나 도수는 한마디 덧붙였다.

"전 일단 아이 데리고 수술방으로 올라가겠습니다."

"우리 같은 인턴이? 수술실에서 수술방 어레인지(Arrange: 수술방을 잡는 일)도 안 해줄 텐데……."

"그건 제가 알아서 해볼게요. 서두르시죠. 여기 이 환자 수술실로 옮기겠습니다!"

간호사를 불러 모은 도수는 즉시 아이가 누워 있는 스트레처 카를 밀며 엘리베이터 앞에 있는 스테이션으로 내달렸다.

고개를 절레절레 저은 임재영 역시 이미 숨이 끊긴 아이 어머니를 일별하곤 이불을 머리끝까지 끌어 올려준 뒤 오더받은 일을 하기 위해 발 빠르게 움직였다. 그에게는 누구의 오더인지, 지금 그 말을 따라도 되는지 선택권이 없었다.

*   *   *

'출혈이 심해.'

아직 추가 혈액이 오지 않은 상황.

표준량보다 더 많은 혈액을 공수하기 위해선 검사 결과가 나와야 할 터였다.

삼십 분 정도 시간이 걸린다는 뜻이다.

아이를 응시하던 도수는 그동안 공부한 지식을 떠올리며

간호사에게 말했다.

"검사 결과 나올 동안 동결침전제제(Cyroprecipitates) 이십 유닛 해동 준비해 주세요. 그리고 세프트리악손(Ceftriaxone) 영점 사 그램 주시고요."

임시방편이었다.

동결침전제제에는 응고인자 성분이 모두 포함돼 있기 때문에 혈우병 유형이 어떻든 일단 출혈을 막아줄 수 있는 것이다.

"일단 수술 시작하고 출혈이 멈출 때까지 계속 수혈할 겁니다."

통보한 도수는 수화기를 들어 소아과로 전화를 걸었다. 그러자 일전 수술방 앞에서 만났던 이유리가 전화를 받았다.

─소아과입니다.

목소리를 확인한 도수가 말했다.

"응급실 인턴 이도수입니다. 소아 외상 환자입니다. 환자 신상은 파악 안 되고 혈우병 의심됩니다. 검사 의뢰 해둔 상태고 혈흉, 간 파열, 팔꿈치와 무릎관절에 출혈 있습니다."

─뭐? 바로 사진 보내!

"지금 보냅니다."

딸각.

도수는 확인도 않고 보냈다.

그리고 역시, 투시력으로 봤던 것과 일치하는 소견이 나왔다.

─바로 응급수술 들어가야겠는데?

"네."

─난 지금 못 가. 응급실에 누구 있어?

이곳저곳을 구분하지 않고 병원 전체가 붕괴 사고 환자들에게 집중돼 있는 상황이다. 아마 소아과도 이쪽만큼 분주할 터.

도수가 대답했다.

"아무도 없습니다. 중증 외상센터에 배정된 수술실 모두 수술 중입니다. 제가 수술 들어갈 테니 수술방 어레인지 해주십시오."

─뭐?

인턴을 믿고 수술시키는 것도 모자라 소아과 수술방까지 내놓으란다. 그 말인즉 자신을 믿고 소아과로 환자를 돌린 뒤 수술실까지 빌려달란 뜻이다. 만약 환자가 잘못되면 응급실과 소아과, 두 과 공동의 책임이 될 터였다.

너무도 뻔뻔한 요청에 이유리 교수가 물었다.

─젠장, 왜 우리야? 소아외과 수술은 해봤어?

"네, 수도 없이."

─…….

비록 그녀가 물어봤다 해도 다른 인턴이 이렇게 대답했으면 욕을 한 바가지 하고 끊었을 것이다. 하지만 같은 인턴이라도 도수는 달랐다.

─아까 수술. 김 교수님이 허락하신 거 확실하지?

잠시 망설이는 이유리.

"네. 확실합니다."

도수가 대답하자, 그녀는 굳게 결심한 어조로 말했다.

—어레인지 해줄 테니까 환자 무조건 살려.

"살리겠습니다."

확고한 대답.

이유리가 한숨을 내쉬었다.

—휴… 일단 끊어.

뚝.

전화가 끊어지고 잠시 후.

다시 벨이 울렸다.

도수가 전화를 받자마자 이유리가 말했다.

—됐어. 근데 우리 수술방이 빈 줄은 어떻게 안 거야?

아마 인턴인 도수가 어레인지를 요청했다면 마취과 소속 수술실 코디네이터가 기겁을 했을 것이다. 절대 안 된다고 했겠지. 스트레처 카에 누워 있는 환자에게 시선을 돌린 도수가 대답했다.

"아까 수술하고 나왔을 때, 빈 수술실 다 체크해 뒀습니다."

제9장

폭풍이 지나간 자리

전화를 끊은 도수는 환자를 데리고 수술실로 올라갔다.

오늘만 두 번째 드나드는 수술실.

소독을 마친 그는 수술방으로 들어섰다.

"후."

마스크 안으로 숨 고르며 손을 들어 올리자.

간호사가 장갑을 끼워주었다.

모든 준비를 마치고 환자 앞으로 다가간 도수.

그런 그에게 잠시 불려온 마취과 과장 김종학이 말했다.

"완전히 잠들었다. 사람이 없어서 내가 수술실을 돌아다녀야 해."

이 병원에서 가장 많은 수술에 참여하는 마취과와 중증 외상센터는 밀접한 연관이 있었다. 따라서 김광석과도 친분이 깊은 그는 도수의 첫 수술 때부터 미리 언질을 받았고, 이번에도 아무것도 묻지 않았다.

도수가 고개를 끄덕이자 김종학이 수술실 코디네이터에게 한마디 덧붙였다.

"혹시 문제 생기면 콜하고."

"예, 선생님."

"그럼 이도수 선생. 건투를 빈다."

김종학이 수술실을 떠나자.

도수는 애처로울 만큼 작은 몸집으로 환부를 드러내고 있는 소아 환자를 내려다보며 투시력을 썼다.

샤아아아아아.

파열된 간이 눈에 들어왔다.

선홍빛을 띤 간이 끔찍하게 갈라지고 터져 있었다.

그걸 보자 저절로 긴장감이 감돈다.

그러나 머리는 차갑다.

'하나씩 천천히.'

도수가 손바닥을 뒤집었다.

"칼."

턱.

메스를 쥔 그는 소아 환자의 복부를 소독했다.

손바닥만 한 크기의 작은 복부.

이 안에 장기들이 오밀조밀 다 들어 있을 터였다.

그리고 이렇게 작은 몸집을 가진 소아 환자일수록 시야 확보나 수술 자체가 더 어려워질 수밖에 없다.

아마 이유리가 도수에게 소아 외상 환자를 수술해 본 적이 있냐고 확인한 것도 같은 이유이리라.

하지만 도수는 수도 없이 어린아이들의 배를 가르고 가슴을 갈라봤다. 라크리마 반군의 총알과 폭탄이 어른, 아이 가려서 날아들지 않기 때문이다.

잠시 옛 기억이 떠오른 도수는 메스를 쥔 손을 천천히 간이 반투명하게 보이는 복부로 가져갔다.

스으으으윽.

배가 열리며 피가 흐르기 시작했다.

간호사가 보비(Vovie: 전기로 자르는 의료 도구)를 내밀었다.

하지만 도수는 고개를 저었다.

"칼로."

복막을 자를 때 쓰이는 보비는 분명 출혈을 줄여줄 수 있지만 메스로 절개하는 것보다 시간이 오래 걸린다.

하지만 이 아이는 1초, 1초 출혈이 지속될 때마다 생명에 지장을 받는 혈우병 환자.

투시력과 타고난 감각으로 출혈을 최소화할 수 있는 도수에게는 굳이 보비가 필요 없었다.

차라리 시간을 줄이는 편이 환자의 생존률을 올릴 수 있는 길인 것이다.

한편 그러한 결정 과정을 모르는 간호사들조차 감탄할 수밖에 없었다.

'진짜 깔끔하네……'

'보비 쓴 것보다 더 깨끗한 것 같은데.'

그렇다.

셀 수 없이 많은 실전으로 다듬어진 도수의 감각은 잘 벼린 칼날처럼 날카로웠다. 거기서 나오는 칼 솜씨는 차라리 예술에 가깝다. 하지만 제아무리 실력이 뛰어나도 이미 안에서 발생한 출혈은 막을 수 없었다.

"선생님, 출혈이……!"

배를 열기 무섭게 간 열상으로부터 생긴 출혈이 복강 내부를 붉게 물들이고 있었다.

"정신 바짝 차리세요."

그 말을 뱉는 와중에도.

도수의 손은 멈추지 않고 물 흐르듯 움직이고 있었다. 그는 거즈로 닦아내며 출혈을 잡는 동시에 말했다.

"타이."

봉합사 그리고 봉합침.

도수는 순식간에 간에 생긴 열상을 봉합하기 시작했다.

슥, 스윽.

빠르다.

조금 과장하면 재봉틀처럼 순식간에 찢어진 부위가 오므라들고 있었다.

신기(神技)에 가까운 손놀림에 간호사들이 눈을 치켜떴다.

특히 마취과 선생 대신 들어와 있는 수술실 코디네이터는 한마디 했다.

"교수님들보다 빠르신데요?"

그녀 역시 수술 경험은 의사 못지않다.

그런 그녀가 빠르다면 진짜 빠른 거다.

하지만 하나 더.

도수는 빠른 게 다가 아니었다.

"…흠잡을 데 없이 정교하시고."

그가 봉합한 부위에는 손톱만큼의 빈틈조차 없었다.

그러나 그건 도수에게 당연한 일.

중요한 건 따로 있었다.

"긴장하세요."

환자를 살리는 것.

그러려면 감탄이고 뭐고 잡생각은 버리고 바짝 긴장해야
한다.

같은 외상 환자라도 그냥 외상 환자가 아니니까.

이 아이는 혈우병 환자였다.

출혈량이 일반인에 비할 수 없는 것이다.

더 빠르고 더 정교해야 했다.

수술방 안 의료진들의 손과 발이, 그들간의 호흡이 척척 맞
아야 가능한 일이다.

바로 그때.

"선생님, 이 환자 출혈량이……!"

"혈압 떨어집니다!"

"피도 부족해요!"

간호사와 코디네이터가 정신없이 외쳤다.

그러나 빗발치는 포탄 속에서도 수술을 해왔던 도수는 침
착하게 물었다.

"얼마나 남았죠?"

"이게 다예요!"

피를 짜던 간호사가 대답했다.

분명 급박한 상황인데도.

끄덕인 도수는 태연하게 말했다.

"곧 올 겁니다."

그 순간.

호랑이도 제 말 하면 온다고, 수술실 문이 열리며 수술복을 입은 임재영이 들이닥쳤다.

"여기 수혈팩! 그리고 검사 결과."

임재영은 검사 결과를 간호사에게 넘기고 직접 피를 매달며 도수를 신기한 눈으로 쳐다봤다. 인턴이 집도를 하는 장면은 상상 속에서도 본 적 없는 해괴한 광경이었기 때문이다.

그 해괴한 광경을 만든 도수가 간호사에게 눈을 돌렸다.

"읽으세요."

간호사가 말했다.

"혈소판 수치 이백팔십 케이, 피티 십오 초, 에피티티 구십 초, 혼합 검사 에이피티티 사십삼 초입니다."

"역시."

혈우병이 맞다.

도수는 더 빠르게 손을 놀렸다.

슥, 스윽!

그 모습을 보던 임재영이 눈을 부릅떴다.

"……!"

물론 도수의 수술 장면을 저널에서 우연히 본 적이 있었다. 그러나 직접 눈앞에서 보니 더 빠른 것 같았다. 마치 TV로 격투기를 보는 것과 실제로 휘두르는 주먹을 보는 느낌적인 차이랄까?

이제 막 감탄 좀 해보려고 하는 그때.

순식간에 봉합을 끝낸 도수가 말했다.

"이제 폐로 가죠. 그 전에……."

그는 임재영을 보더니 환자의 복부를 눈짓했다.

"마무리하시죠."

"내가?"

도수는 고개를 끄덕였다.

"시간 없으니까."

툭 던지더니 자리를 옮겨 버린다.

그가 이런 판단을 할 수 있는 이유는 간단했다. 임재영과 지난 며칠 같이 생활하며 그가 타이 연습을 하는 장면을 목격했기 때문이다. 물론 그 틈에 실력도 전부 파악했다.

그 사실을 꿈에도 모르는 임재영은 가슴이 떨렸다. 학교 실습에서야 봉합을 해봤지만 실제 환자를 대상으로 개복수술에서 봉합을 맡은 건 처음이었다. 아니, 애초에 도수가 아닌 어떤 집도의라도 초턴에게 봉합을 시키진 않으리라. 하지만 중요한 건 인턴에게는 꿈에 그린 기회라는 점이다.

"고… 고맙다."

도수는 들은 체도 하지 않고 가슴을 열고 있었다.

눈알을 굴리던 임재영은 간호사에게 말했다.

"타이."

개복 부위 봉합.

도수는 떨어진 물건 줍는 것만큼이나 간단히 해낸 일이지만, 일반적인 인턴들에게는 긴장을 늦출 수 없는 행위였다. 도수가 환자의 목숨을 건 싸움을 벌이고 있다면, 인턴 임재영 역시 자신만의 싸움이 시작된 것이다.

*   *   *

가슴을 연 도수는 투시력으로 보았던 장면을 육안으로 볼 수 있었다. 갈비뼈 골절이 생기면서 왼쪽 폐를 찌른 것이다.

"포셉."

의료용 집게를 건네받은 도수는 폐에 박혀 있는 부러진 뼛조각을 제거했다. 그러자 다시 한번 피가 뭉글뭉글 밀려 나왔다.

이번에도 출혈량이 지나치게 많다.

"……"

혈우병의 무서움을 다시 한번 느낄 수 있었다. 수술에 가장 중요한 수혈 자체가 남들보다 두 배는 더 들어가니 응급수술 시 사망 확률도 그만큼 늘어나는 셈이다.

"타이."

도수가 봉합 실력을 발휘하려는 순간.

누군가 외쳤다.

"선생님, 혈압 떨어져요!"

바이탈이 엉망이 되고.

새로운 수혈팩을 꺼내던 간호사가 최악의 상황이 더욱 최악이 되었음을 알려왔다.

"선생님, 이게 마지막이에요!"

"마지막?"

"네……! 지금도 여기저기 피가 나고 있고, 갑자기 환자가 몰리는 바람에 A형이나 O형 피를 구하는 데도 한계가 있어요!"

도수는 뭐라 대답하는 대신 빠르게 손을 놀렸다.

복부 수술을 할 때보다 더 빠른 속도였다.

분명 손끝과 시선 끝이 아이의 폐를 향해 있고, 모든 집중력과 에너지를 그곳에 쏟고 있음에도.

머릿속에는 아이 엄마의 마지막 모습이 선연하게 떠올라 지워지지 않고 있었다.

'더 빨리.'

도수의 손이 꿈틀거리는 폐를 넘나들었다.

스윽.

봉합사를 빼서 묶는다.

'더 정교하게.'

스스슥.

순식간에 매듭을 지은 그가 툭 뱉었다.

"컷."

툭!

자르자마자 다시 터진 부위를 꿰매는 도수.

'살릴 수 있다.'

소아의 가슴 안은 좁아터졌음에도 도수의 손은 눈으로 따라잡지 못할 만큼 빠르게 움직였다. 그 손놀림을 따라가기 위해 쉴 새 없이 가위가 오갔다.

그리고 마침내.

툭……!

마지막 묶은 실밥을 잘라낸 간호사가 한숨을 뱉었다.

"후우!"

쫓아가기만 해도 벅찼던 것이다. 자신은 자르기만 하고 도수는 폐에 난 상처를 꿰어 매듭까지 짓는데도 시간 차가 크지 않았다.

'뭐가 이리 빨라?'

그런 생각이 절로 드는 그때.

도수는 이미 가슴을 닫고 있었다. 파도처럼 사납게 밀어붙이던 손놀림이 잔잔한 호수처럼 잦아들어 있었다. 이젠 속도보다 얼마나 예쁘게 꿰매주느냐의 문제인 것이다.

그렇게 다 꿰맨 도수가 고개를 든 순간.

지금까지 일부러 의식하지 않고 있던 바이탈이 눈에 들어왔다. 폭풍이 지나간 뒤에 맑은 것처럼 잔잔하고 차분했다.

다시 시선을 옮기자.

얼마 남지 않은 수혈팩이 보였다. 수혈되는 속도보다 출혈이 압도적으로 많았으니 조금만 늦었더라도 수술이 끝나기 전에 피가 먼저 떨어졌을 것이다.

마지막으로 도수는 복부 봉합을 맡겼던 임재영을 바라보았다. 임재영은 오히려 그를 넋 놓고 보고 있었다.

"어떻게… 봉합하는 동안 수술을 끝내?"

그는 경악했다.

자신이 복부를 꿰매는 시간 만에 도수는 흉부 수술을 끝내고 피부 봉합까지 마친 것이다.

하지만 그런 황당한 짓을 저지르고도 도수는 태연하게 말했다.

"다들 수고하셨습니다. 그리고 형."

"응?"

임재영이 멍청하게 묻자, 도수가 어깨를 툭툭 두드리며 지나갔다. 딱 한마디를 남긴 채.

"여기 마무리해 줘요."

그는 다른 환자를 보기 위해 수술실을 나섰다.

수술복을 벗고, 계단을 타고 응급실로 내려갔다.

다다다다.

도착해서 문을 열었을 때.

혼잡하던 응급실은 고요한 침묵에 휩싸여 있었다.

곳곳에 핏자국을 묻힌 의사들.

"선생님, 이제 좀 풀렸어요……. 수고하셨습니다."

간호사의 말이 도수의 고막을 찔렀다.

그가 살린 환자 둘.

그리고 다른 의사들이 살린 환자들도 있을 것이다.

그들은 새벽 네 시 응급실에 갑자기 들이닥친 거대한 폭풍우를 견뎌냈다.

그럼에도.

폭풍우가 지나갔다고 좋아하는 사람은 단 한 명도 없었다. 폭풍 속에서 살아남았다고 환희하는 사람도 없었다.

"……."

폭풍이 지나간 자리.

살린 생명 둘보다 놓친 생명 하나가 머릿속을 떠나지 않는 이 순간.

병원 창밖으로 해가 뜨고 있었다.

제10장
상황 전환

　도수가 블라인드 틈새로 새어 드는 햇살을 바라보고 있는 그때.

　번쩍!

　플래시가 터지며 눈살이 찌푸려졌다.

　'카메라?'

　분명 카메라였다.

　그는 근처를 서성이고 있는 간호사에게 말했다.

　"밖에 카메라가 있는 것 같은데."

　"아! 네, 선생님. 밖에 기자들이 엄청 몰려왔어요."

새벽 세 시, 오래된 아파트의 지반이 무너지며 건물이 붕괴됐다.

그야말로 아닌 밤중에 날벼락.

십 년에 한 번 일어날까 말까 한 대형 사건이고 여파가 클 수밖에 없는 비극이다.

주변 병원 안이 가득 찰 만큼 많은 사상자가 나왔기에 각종 언론사의 취재진이 모여드는 것도 무리가 아니었다.

"일단 인원 통제를 하고 있긴 한데 워낙 혼잡해서……."

완전히 통제는 안 될 터.

고개를 끄덕인 도수는 시선을 돌렸다.

응급의학과 소속 레지던트 강미소가 기자 한 명을 상대하고 있었다.

"…여긴 어떻게 들어오셨어요?"

"선생님, 그건 중요한 게 아닙니다. 국민들도 알 권리가 있어요. 정확히 지금 환자들 상황이 어떤지만……."

"나가세요."

그녀는 하얀 얼굴을 붉게 물들이며 단호하게 말했다. 의사 가운 안에 입은 흰 블라우스와 청바지, 하얀 운동화 곳곳에 피가 튄 자국이 보였다. 희고 유려한 목선에도 핏자국이 남아 있었다.

하지만 이조차 신경 쓰지 않는 섹시한 여의사의 모습. 그 모습이 꽃망울이 터진 꽃처럼 벌 떼 같은 기자들을 불러 모으고 있었다.

아니나 다를까 강미소가 기자 한 명을 내보내는 사이 세 명의 기자들이 더 비집고 들어와 그녀에게 들러붙었다.

"하— 끝이 없네."

그 순간.

누군가 어깨를 턱 잡고 그녀 대신 기자들 앞으로 나섰다.

"그런다고 나가겠어요?"

"어……?"

강미소의 앞을 가로막은 이는 바로 도수였다.

"제가 얘기하죠."

그녀는 갈등했다.

안 그래도 세계적인 이슈가 됐던 도수. 그가 이 병원에서 근무한다는 사실이 알려지면 꽃망울이 터진 정도가 아닐 터였다. 벌집을 건드린 것처럼 기자들이 따라붙을 텐데.

그러나 도수는 태연하게 기자들 바라보고 있었다.

'무슨 꿍꿍이지?'

기자들은 타깃이 새로운 타깃한테 가로막혀 사라지자 잠깐 붕 떴다. 그러나 이내 눈에 이채를 띠며 도수에게 들러붙었다.

피투성이 수술복을 받쳐 입은 훤칠하고 잘생긴 의사. 그가 들려주는 붕괴 사고 이후 현황을 듣고 싶은 것이다.

기자 셋과 마주 선 채 그들을 빤히 응시하는 도수.

"……"

그는 다른 의사들처럼 분노하지 않았다.

매디 보웬을 포함한 라크리마의 종군기자들은 목숨 걸고 전쟁터까지 달려온 이들이기에 투철한 사명감을 가진 이들이었지만, 지금 눈앞에 있는 이들은 종류가 달랐다.

환자들에게 해가 될 수 있음에도 기다리지 못하고 통제를 뚫고 들어온 이들.

그들이 실적보다 양심을 생각하길 바라는 자체가 사치다.

의사도 각양각색이듯 기자들 또한 여러 종류의 사람들이 모인 집단인 것이다.

그리고 도수는 이처럼 수단 방법을 가리지 않고 이익과 생존만을 생각하는 족속들을 다루는 데 능숙했다.

"전 응급실 인턴 이도수입니다."

"……!"

잠시 '이도수'를 떠올린 기자들이 술렁이더니 누가 먼저라고 할 것 없이 질문이 터졌다.

"이… 이도수 씨! 라크리마에서 천하대병원으로 이송됐을 때까지만 해도 그곳에서 근무하실 줄 알았는데요. 왜 여기로 오신 건가요?!"

"……"

"대단한 수술 실력을 지녔다고 알려져 있습니다! 의술은 어디서 배우신 거죠?"

역시.

붕괴 사태에 대한 질문은 하나도 없다.

'먹이를 던져주지.'

도수는 그들이 원하는 대답을 해주었다.

"천하대병원에서 전문의 자리를 주겠다는 스카우트 제안이 있었습니다."

"……!"

기자들이 다시 한번 술렁였다. 그리고.

욕심에 목적이 붕괴된 그들을 향해 도수가 손을 슥 내밀었다.

멍하니 그 손바닥을 쳐다보는 기자들.

도수가 한마디 덧붙였다.

"명함."

"아!"

기자들은 너 나 할 것 없이 명함을 빼서 도수의 손바닥 위에 올려놨다.

그리고 명함과 얼굴을 대조한 도수가 말했다.

"여긴 위중한 환자들이 많은 응급실입니다. 병원 통제에 따라주세요. 만약 이를 어기시는 분은 제 소식을 영영 뉴스를 통해서 보게 되실 겁니다. 뿐만 아니라 소속되신 언론사들에 공개적으로 문제 삼겠습니다."

"……."

기자들은 멍해졌다.

스타가 되고 싶은 젊은 인턴이라고 생각했다가 그게 얼마나 큰 오산인지 깨달은 것이다.

조금만 생각했으면 충분히 예측할 수 있는 상황이었는데도, 특종을 잡을 수 있다는 욕심에 눈이 멀어 판단력이 흐려진 탓도 있었다.

'똥 밟았군.'

기자 한 명이 축 처진 어깨로 몸을 돌리자.

다른 두 기자도 줄줄이 응급실을 나갔다.

긴 과정 같았으나 도수는 너무도 간단히, 일 분도 안 되는 시간에 기자들을 모두 쫓아내 버렸다. 하지만 강미소는 못내 걱정이 되는지 나지막이 말했다.

"미안해. 내가 처리했어야 했는데……."

혹시라도 도수에 대해 악의적인 기사를 쓰진 않을까 걱정돼 던진 말이었으나, 도수는 대수롭지 않게 대답했다.

"어차피 카메라도 없었는데요, 뭐."

"아……!"

강미소는 탄성을 질렀다.

왜 몰랐을까?

그러고 보니 기자들은 응급실에 숨어들기 위해 카메라를
두고 왔던 것이다. 즉, 악의적인 기사를 쓰려고 해도 증거가
없다는 뜻.

"그래도 저 사람들은 네 존재를 알잖아. 천하대병원에서 스
카우트 제안이 들어왔다는 것도 알게 됐고."

"그건 일부러 밝힌 거예요. 기사야 내겠지만 저를 취재원
삼고 싶을 테니 부정적으로 쓰진 않겠죠."

"병원에선 좋아하지 않을걸?"

"그건 제가 바라던 일이고."

"뭐……?"

하지만 도수는 그에 대해 더 말하지 않고 몸을 돌렸다.

그는 두 손 놓고 보고 있던 보안 요원에게 걸어가 방금 받
은 기자 명함 세 장을 떠넘기며 말했다.

"이제부턴 강경하게 대응하세요. 회복실이 가득 차서 수술
을 끝내고도 아직 옮기지 못한 환자들이 있습니다."

"예……!"

누가 보안 팀인지.

그들은 도수의 능숙한 상황 대처가 놀라울 수밖에 없었다.

의료적으로야 일반인들에 비할 수 없을 만큼 능수능란한

게 의사들이다.

하지만 한 분야에 특화된 천재들이 모인 집단이니만큼 나머지 부분에선 허술한 것도 사실이었던 것이다.

하지만 도수는 예외였다.

우뚝 멈춰서 고개를 돌린 그가 강미소에게 말했다.

"뭐 해요?"

"…응?"

"아직 안 끝났습니다. 환자 봐야죠."

"아… 응!"

강미소는 후다닥 도수의 뒤를 쫓았다.

한참 그렇게 뒤쫓다 보니 슬슬 궁금증이 생겼다.

"근데 어디 가는 거야?"

"회복실 갑니다."

"회복실은 왜?"

"제가 처음 수술한 환자가 거기 있거든요."

비장 적출에 제왕절개까지 했던 환자를 말하는 것이다.

이미 병원 내에 소문이 쫙 퍼졌기에 강미소는 그 사실을 알 수 있었다.

"한 건 했다던데."

"두 건 했습니다."

"아… 두 건."

수술을 두 번 했으니.

두 건이 맞다.

"인턴이 수술을 집도한 걸 김 교수님에 반하는 병원 세력들이 걸고넘어질 수 있어."

도수는 피식 웃었다.

"병원에 세력이 어딨어요? 합심해서 한 명이라도 더 치료하면 되는 거지."

당연한 말인데도.

강미소는 눈을 동그랗게 떴다.

"…그래, 네 말대로 돼야 하는데. 현실이 안 그런 걸 어떡하니? 여기도 이익집단이고, 어느 곳보다 더 치열한 욕망이 부딪치는 곳인데."

씁쓸한 목소리.

하지만 도수는 고개를 저었다.

"제가 그걸 몰라서 얘기했을까 봐요."

이쯤 되자 강미소는 머릿속이 혼잡해졌다.

"무슨 뜻이야?"

"앞으로 이 병원 누구도 저나 저와 관련된 사람을 건드릴 수 없을 거예요."

그 순간.

띵!

소리와 함께 엘리베이터가 회복실이 마련돼 있는 이 층에 도착했다.

"……."

강미소는 도수와 함께 걸으며 그의 옆모습을 흘깃 봤다.

'무슨 생각이지?'

분명 그렇게 말했다.

일개 인턴이 병원 전체가 자신을 못 건드릴 거라고 호언장 담하고 있었다.

이 정도 되면 이건 자신감 정도가 아니었다. 미쳤거나 뭔가 있거나.

강미소가 보기에는 후자 같았지만, 선뜻 짚이는 바가 없었다. 그렇다고 물어보면 알려줄 것 같지도 않다. 그녀가 이래저래 막막한 생각을 하고 있을 무렵.

그들은 도수가 수술 집도를 했던 환자가 누워 있는 침대 앞에 다다랐다.

도수는 응급실에서의 일은 잊은 듯 평온한 얼굴로 차트를 확인했다.

"오더는 맞게 들어갔네요."

"응… 이제 회복하는 일만 남은 것 같은데."

강미소는 산모의 얼굴을 빤히 보다 도수에게 고개를 돌렸다.

"누가 수술을 잘해준 덕분에 건강하게 걸어 나가실 수 있을 거야."

도수는 대답 대신 그녀에게 물었다.

"지금 담당하고 계신 환자 있어요?"

"아니. 난 어제 오프였다 오늘 콜 받고 출근했어. 응급실에서 인턴이 하는 일만 했지. 초진, 노티, 검사, 오더. 네가 수술하고 있는 동안."

말에 가시가 있었지만 찔릴 정돈 아니었다.

묵묵히 들은 도수가 입을 열었다.

"그럼 부탁 좀 할게요. 지금부터 제가 수술한 환자들을 돌아볼 건데 선생님이 직접 좀 봐주세요."

"왜? 어차피 네가 수술한 환자라도 주치의는 다시 배정될 텐데?"

"안 될 거예요."

"뭐?"

"제가 주치의가 될 겁니다. 그러니까 제가 주치의 자격을 받아 오는 동안 선생님이 좀 봐주셨으면 해요."

"……."

도대체 머릿속에 뭐가 든 걸까?

강미소는 진심으로 궁금해하면서도 고개를 주억거렸다.

"뭐… 밥 사는 거야?"

"커피도 사죠."

"술이 아니… 아."

그녀는 말하다 말고 도수가 열아홉 살이란 걸 깨달았다.

"어쨌든 콜."

그녀는 진심으로 도수란 인간이 궁금했다. 밥이건 커피건 같이하면서 알고 싶었다. 이성으로서가 아니라 한 번도 접해 보지 못한 유형의 인간에 대한 순수한 호기심이랄까. 아니, 어쩌면 레지던트도 힘든 수술을 척척 해내는 소년에 대한 의료인으로서의 경이로움일 수도 있겠다.

서로 다른 생각을 하며, 모종의 계약을 맺은 두 사람은 다음 환자가 있는 곳으로 걸음을 옮겼다.

*　　　*　　　*

강미소와 함께 수술한 환자들을 모두 돌아본 도수는 다시 엘리베이터를 탔다. 아직도 엘리베이터 문에 비친 모습은 수술방에서 나온 그대로였다. 목선과 발목에 선연한 핏자국. 가운을 걸치지 않았더라면 지금 막 수술방에서 나왔다고 해도 믿을 지경인 것이다.

아로대병원 꼭대기 층, 13층.

엘리베이터 문이 열리고 밖으로 나선 도수는 시계를 확인했다.

수술한 환자를 꼼꼼히 돌아보고 강미소에게 임시로 인수인계를 해주는 바람에 벌써 일곱 시 반. 다들 하루 일과를 시작하는 아침이 되어 있었다.

턱.

도수가 걸음을 멈춘 곳은 커다란 문 앞이었다. 매일 아침, 누구보다 부지런하게 출근하는 이 방의 주인 역시 이미 업무를 시작했을 것이다.

이곳은 바로.

아로대학병원 원장실이었다.

제11장

맞불

"이도수 선생님이시죠?"

인포를 지키고 있던 병원장 비서가 물었다. 그녀 정도 직책
쯤 되면 병원 내 모든 임직원들의 용모나 신상 명세는 기본으
로 파악하고 있을 터였다.

"맞습니다."

"약속되신 건가요?"

"아뇨. 급한 일입니다."

"잠시만요."

그녀는 크고 두꺼운 문 안쪽에 있을 병원장에게 인터폰을

쳤다.

"원장님. 이도수 선생님 오셨습니다."

―무슨 일로?

"급한 일이시랍니다."

―들여보내세요.

허락이 떨어지자 비서가 손을 뒤집어 문 쪽을 가리켰다.

"들어가시죠."

고개를 가볍게 숙여 보인 도수가 문을 열고 들어갔다.

널찍한 병원장실.

꼭대기 층의 절경을 등에 업은 병원장이 책상에 앉은 채로
고개를 들었다.

"오랜만이군, 이도수 선생."

"네."

"좀 앉지."

도수는 푹신한 소파에 몸을 묻었다.

그러자 보고 있던 결재 서류에 사인을 한 병원장이 자리에
서 일어나 도수 맞은편에 엉덩이를 붙였다. 마저 다리를 꼰
그가 물었다.

"피곤해 보이는데?"

"괜찮습니다."

"두 번씩이나 연달아 수술을 했는데 괜찮을 리가."

역시.

병원장은 이제 출근했음에도 간밤 일을 모두 알고 있었다.

도수도 굳이 숨기지 않았다.

"'두 번밖에'죠. 라크리마에선 때때로 훨씬 더 많은 환자들을 상대해야 했습니다."

"그래서 저력이 있나 보군."

빙그레 웃은 병원장이 물었다.

"그래, 아침부터 내 방엔 무슨 일이지?"

도수는 거두절미하고 말했다.

"방금 전 응급실로 기자들이 난입했습니다."

"그걸 보고하러 온 건 아닐 테고. 자네가 그 기자들 보고 천하대병원에 스카우트 제의를 받았다고 얘기했다지?"

"……!"

정말이지 모르는 게 없다.

병원 어디든 병원장의 눈과 귀가 있다는 말이 공연한 헛소리는 아닌 듯했다.

"…맞습니다."

"그래서 공론화되기 전에 미리 알려주러 온 건가? 그게 무슨 별일이라고. 그렇다면 공연한 걸음을 한 것 같은데 말이야."

병원장이 시치미를 뚝 떼자.

도수가 단도직입적으로 물었다.

"제가 이 병원에 남길 바라시지 않습니까?"

병원장이 그를 빤히 쳐다봤다.

"…당연한 얘길. 설마 천하대병원을 마다하고 우리 병원으로 온 사람이 스카우트 제의에 응하겠어? 아니면 이제 와 심경의 변화라도 생긴 건가?"

"천하대병원에선 저한테 전문의 자격을 주겠다더군요."

"전문의 자격을?"

지금껏 아무런 질문도 동요도 드러내지 않던 병원장이 미간을 찌푸렸다.

'모르고 있었다.'

그렇다면 애가 탈 것이다.

병원장은 같은 약속을 못 할 테니까.

만약 다른 인턴이나 레지던트였다면 수년의 과정을 생략하고 '전문의'를 주겠다는 말에 혹해서 뒤도 안 돌아보고 병원을 옮겼을 것이다.

하지만 도수는 여느 인턴이나 레지던트가 아니었다.

"전 감투를 바라지 않습니다. 인턴을 거치면서 여러 과를 돌고 싶은 마음도 있고요. 제가 잘 모르는 분야까지 섭렵하는 게 제 목표입니다. 그래야 한 명이라도 더 치료할 수 있을 테니까."

새벽 뇌출혈로 사망한 애 엄마가 떠올랐다. 도수가 만약 중증 외상만큼 신경외과 수술에 조예가 깊었다면 시도라도 해봤을지 모른다.

하지만 오늘은 두 손 놓고 잃는 수밖에 없었다.

다신 그러고 싶지 않았다.

그 결연한 의지가 눈빛에 언뜻 내비친 걸까?

병원장이 물었다.

"감투도 관심 없다는 사람이 여기까지 찾아와서 얘기하는 건 내게 다른 원하는 게 있어서겠지?"

"네."

도수는 부정하지 않았다.

"얘기해 봐."

"주치의가 되고 싶습니다. 진료도 하고 수술 집도도 할 수 있도록 공표해 주세요."

"……."

병원장은 팔걸이를 톡톡 두드리며 되물었다.

"이미 김광석 교수 허락하에 그러고 있다고 알고 있는데?"

"공개적인 지침이 없으면 딴지 거는 이들이 생길 겁니다. 정규 수술 팀을 꾸릴 수도 없고요. 수술방에 손님이 될 뿐 주인이 될 수는 없죠. 더 중요한 건 수술 후 환자를 끝까지 책임질 권한이 없다면 환자에게 아무 약속도 할 수 없습니다."

"공개적인 지침을 통해 특권을 달라?"

병원장이 표정을 찌푸린 채 고개를 들었다.

"이건 내 권한을 벗어나는 일이야."

"그건 저도 알고 있습니다."

"그런데?"

"다른 방법이 있습니다."

"다른 방법?"

도수가 고개를 끄덕였다.

"이제 며칠 후면 간이식 수술이 잡혀 있습니다. 집도의는 중증 외상센터장. 저도 참여하기로 과 내에서 얘기가 끝난 상태입니다."

"민혁찬 과장이 주치의였던 환자를 말하는 거구먼."

"네."

"민 과장이 가만있지 않을 텐데. 자존심 빼면 시체인 사람이."

아니.

이미 가만히 있지 않았으니 병원장이 이 환자에 대해 소상하게 알고 있는 것일 터.

도수는 알면서도 모른 척 말했다.

"그 수술을 공개 수술로 돌려주십시오."

병원장의 주름이 더 깊어졌다.

"그러다 실패하면?"

"병원 이미지에 타격을 받겠죠. 하지만 그렇게 되면 저도 끝입니다. 라크리마에서의 수술은 단지 운이 좋았다. 실력은 모두 거품이었고 살인자나 다름없다고 모두가 비난할 겁니다."

"자네와 센터장 어깨에 병원 이미지를 걸어라?"

"네. 성공한다면 전례 없는 빅 이슈가 될 테니까요."

"그렇겠지."

모두가 포기한 환자다.

이쪽 계통의 권위자인 민혁찬이 그러한 판단을 내렸다면 백 명 중 아흔아홉은 같은 판단을 할 것이다.

시한부 선고.

그렇다는 건 만약 수술을 통해 살려냈을 때 반향도 더 크다는 의미였다.

그 점을 상기시킨 도수가 천천히 말을 이었다.

"그렇게 되면 제가 요구했던 것들을 교수회 안건으로 올려 주십시오."

이제 절차에도 맞는다.

하지만.

"자네 요구 사항이 교수회에서 통과될 거라고 확신하나?"

불안할 만도 한데, 도수는 망설임 없이 고개를 끄덕였다.

"공개 수술을 한다는 건 제 수술을 모두가 본다는 뜻이겠죠. 민혁찬 교수님은 물론 모든 외과의들이 포기한 수술을 성공시킨 후에도 저를 '인턴'이란 이유만으로 인정하지 않는다면 이 병원에 미래는 없다고 생각합니다."

교수회에서 부결될 경우 스스로 나가겠다는 뜻이다.

잠시 두 사람의 시선이 얽히고.

병원장이 말했다.

"좋아. 나도 궁금하군그래. 과연 모두가 고개를 내젓는 수술을 성공시킬 수 있을지."

"성공할 겁니다."

도수가 간결하게 대답했다.

너무 쉽게 들려서 병원장은 헛웃음을 터뜨렸다. 그러고는 두 눈을 빛내며 물었다.

"그리 자신하니 교수회에서 통과가 됐다 치고. 특권을 주면 우리 병원에 뼈를 묻을 텐가?"

그 역시 대놓고 표현은 안 해도 도수를 탐내고 있었다. 그저 상황을 예의 주시 하며 말을 아낄 뿐.

그런 마음이 있으니 인턴이 수술하는 것도 좌시한 것이다.

하긴, 아로대학병원 세 배에 달하는 의료진 수, 매년 열 배가 넘는 논문을 발표하고 있는 천하대병원에서도 탐을 내는 마당에 아로대병원이 탐내지 않을 이유가 없었다.

하지만 도수는 그리 쉬운 남자가 아니었다.

"그건 확답할 수 없습니다. 제 요구 조건이 교수회에서 통과
돼 봐야 천하대병원과 동등한 조건일 뿐이니까요."

"이거 아주 어이없는 자식이네."

병원장의 눈빛이며 어조가 완전히 바뀌었다.

그럼에도 도수는 눈 하나 깜짝하지 않았다.

잠시 도수를 노려보던 병원장은 얼굴을 찌푸린 채 물었다.

"다른 원하는 게 있으면 얘길 하지?"

"그 얘긴 수술 끝나고 하시죠. 돈이나 지위를 바라진 않을
겁니다."

"…아주 건방진 놈이야."

병원장은 혀를 차면서도 머리를 굴렸다.

돈도 아니다. 지위도 싫다.

그럼 대체 뭘 원한다는 걸까?

'하긴, 돈이나 지위를 원하는 놈이면 진즉 천하대로 갔겠지.'

병원장은 오기가 생겼다.

마음 같아선 당장에라도 도수를 내치고 싶었지만 한 가지
욕망이 발목을 붙잡았다.

지금 자신이 대한민국 첫손가락에 꼽히는 천하대병원을 상
대로 경쟁심을 느끼고 있는 것이다.

그렇게 대단한 천하대병원에서도 무리를 감수하고 데려가
려는 도수.

그런 도수를 데려올 수만 있다면, 어쩌면 한 분야 정도는 천하대병원을 이겨볼 수 있지 않을까 하는 승부욕이 솟구쳤다.

'그렇게만 되면 병원장 연임도 유리해질 테고……'

태도가 건방지긴 해도 도수의 제안은 손해 볼 게 없는 장사였다.

병원장은 마침내 결정을 내렸다.

"좋아. 간암 4기 환자 수술은 공개 수술로 진행하지. 만약 수술에 성공한다면 요구 사항은 모두 들어주겠어."

"약조의 의미로 하나만 더 부탁드리겠습니다."

"뭐야, 또?"

병원장이 신경질적으로 묻자.

도수가 덧붙였다.

"오늘 제가 수술한 환자들은 직접 돌볼 수 있게 해주십시오."

*　　　　　*　　　　　*

시간은 쏜살같이 지나갔다.

붕괴 사고가 있던 날부터 도수를 대하는 응급실 식구들의 태도는 백팔십도 바뀌어 있었다.

콜을 하기 위해 스테이션에 가면 오더를 내고 있던 레지던
트인 이시원이 조용히 전화기를 들었다.

"어디?"

"…정형외과요."

도수는 과한 대접이 부담스러울 지경이었다.

그러나 응급실 식구들 입장에선 어쩌면 당연했다.

센터에서 오직 김광석만이 가능한 수술들을 척척 해내는
인턴이라니.

도수는 더 이상 인턴이 아니었다.

같은 인턴인 임재영 역시도 같은 생각이었다.

"도수야, 나중에 시간 날 때 스터디 좀 도와주면 안 될까?"

묻는 태도가 묘하게 조심스럽다.

교수님한테 질문하는 것보단 가볍지만 동기를 대하는 태도
는 결코 아니었다.

도수는 대수롭지 않게 대답했다.

"그러죠."

"고, 고맙다!"

백팔십도 안색을 바꾸며 화색을 띠는 임재영.

"내가 네 시간에 맞출게. 무조건! 오프 때도 괜찮으니까 시
간만 알려줘!"

"굳이 그렇게까지……."

인턴에게 오프는 무엇과도 바꿀 수 없는 귀중한 시간.

도수가 중얼거렸지만 임재영은 이미 얼굴이 벌게져서 콧노래를 부르고 있었다. 임재영과 같은 인턴에게 도수는 우상이나 원동력이 되기에 충분했던 것이다.

그 모습을 보던 강미소는 피식 웃었다.

"하여간……."

그녀는 얼마 전 눈으로 보고도 믿기지 않는 일을 경험했다.

도수가 정말 병원장에게 가서 담판을 짓고 주치의 자격을 따온 것이다.

도수가 아니었다면 그 누구도 엄두조차 못 낼 일이었다.

이런 식으로 뱉은 말을 다 실현시키는 도수의 추진력. 그리고 가공할 수술 실력은 응급실의 분위기를 완전히 뒤바꿔 놓았다.

오죽하면 그동안 병원 내 압력을 홀로 견뎌야 했던 김광석조차 도수가 사고 치는 걸 즐기는(?) 지경에 이르렀다. 예전엔 조마조마했던 도수의 행동에 내성이 생겼는지, 그를 보는 이들까지 덩달아 간덩이가 불어난 것이다.

하지만 이는 어디까지나 도수와 함께 지내는 응급실 식구들이 받는 긍정적 영향.

반면 부정적인 시선도 있었다.

김광석 교수와 사이가 좋지 않은 타 과에서 호시탐탐 건수를 잡으려 애썼던 것이다.

물론 도수는 그런 걸 신경 쓸 겨를도 없었지만.

그는 인턴 본연의 업무에 충실하며 나머지 시간을 간이식과 임파선 절제를 공부하는 데 쏟기도 바빴다.

아는 건 다시 확인했고, 새롭게 등재된 지식이 있으면 기존 지식을 업데이트했으며, 모르는 부분은 알고 있던 부분보다 더 깊게 파고들었다. 그 과정에서 인턴, 레지던트들과 함께 스터디를 하기도 했다.

안 그래도 휴게 시간이 아예 없다시피 한 응급실 생활 가운데서도 잠을 줄여가며 간암 말기 환자의 수술을 준비하길 총 2주.

마침내 대망의 날 아침이 왔다.

제12장
초읽기

아침부터 도수는 김광석의 연구실에 불려갔다.

두 사람은 검사 결과를 놓고 수술 파트를 나눴다.

"공여자 간 적출은 내가 하고, 이식은 이 선생이 하는 것으로 하지."

이미 연구실에 오기 전 예상한 바였다.

"좋습니다."

"…노파심에 하는 말이지만."

"……?"

"수술에만 집중하자고."

도수는 고개를 끄덕였다.

"그래야죠."

그는 김광석의 굳은 표정을 보고 그가 자기 자신에게 하는 말임을 유추할 수 있었다.

4기 간암 환자의 간이식 수술.

임파선 전이로 임파선 제거도 불가피한 상황이다.

간암 치료에 관해서는 국내에서 다섯 손가락 안에 꼽히는 실력자 민혁찬 교수가 주치의였음에도 포기했던 환자.

그럼에도 도수만 믿고 강행하는 수술이었기에 더욱 불안할 수밖에 없었다.

불쑥 김광석이 미소를 지었다.

"널 만나고 계속 외줄을 타는 기분이다."

"……"

"그런데 신기한 건 이 기분도 적응이 된다는 거야. 불안보다 기대가 더 크다고 해야 하나."

말없이 그를 응시하는 도수.

김광석 교수는 결론을 내렸다.

"널 믿는다."

"저도 믿습니다."

무뚝뚝하게 대답한 도수가 나지막이 덧붙였다.

"환자를요."

"……."

김광석은 자신을 믿는다고 할 줄 알았는데 '환자'가 나오자
머쓱해졌다.

그러든 말든 도수는 말을 이었다.

"조금도 망설이지 않고 자기 간을 꺼내줄 수 있는 아들이
있으니 반드시 이겨낼 겁니다."

김광석은 고개를 끄덕였다.

"그러길 바라야지."

"그럼 전 수술 전, 환자를 만나보겠습니다."

"그래. 환자 의지의 불씨를 살려주도록 해. 아들도 수술 앞
두고 많이 불안할 테니 안심시켜 주고."

"알겠습니다."

도수는 자리에서 일어나 연구실 문을 열고 나가려 했다.

그러나 문을 열었을 때, 걸음을 멈춰야 했다.

민혁찬 교수가 서 있었기 때문이다.

"……."

"……."

하필 딱 맞닥뜨린 두 사람.

민혁찬은 도수를 무심한 눈길로 일별하곤 어깨를 툭 치며
지나갔다.

동시에 한마디 남기는 걸 잊지 않았다.

"들어와."

"……."

도수는 걸음을 돌려야 했다.

민혁찬이 김광석의 맞은편, 도수가 앉았던 자리에 엉덩이를 붙였다.

자연스럽게 도수는 앉지 않고 옆에 조금 떨어져 섰다.

그런 그를 올려다본 민혁찬이 미간을 찌푸렸다.

'건방진 놈.'

조금도 미안한 태도가 아니다. 아무리 해당 환자가 주기적으로 찾아왔던 환자가 아닌, 추적 소실(Lost To Follow—up: 지속적인 치료를 받지 않고 도중에 이탈하는 행위) 환자라고 해도 자신이 전담했던 환자에게 자신과 다른 소견을 주장한 자체가 불쾌한 것이다.

안 그래도 그러한 이유로 기분이 상한 마당에 덜컥 더 큰 문제가 생겨 버렸다.

"내 환자였던 사람을 멋대로 수술하는 건 좋다 이겁니다. 그건 우리 김 교수님이 책임을 지신다고 했으니 실패할 경우 정직이든 해고든 본인이 감수하면 돼요. 그런데 공개 수술? 컨퍼런스 다녀와서 그 소식 듣고 기절할 뻔했습니다. 안 그래도 불가능… 아니, 희박한 성공 확률일 텐데 망신을 당하려고 환장했습니까?"

"……."

김광석은 대답하지 않고 눈을 지그시 감았다. 여러모로 찜찜한 수술을 결행하려고 다짐했을 때부터 민혁찬이 분노를 표출하리라곤 이미 각오하고 있었으니까. 문제는 김광석의 아랫사람인 인턴, 도수가 있는 자리에서 보란 듯이 추궁하고 있다는 것이다. 마치 자신이 느낀 모욕감을 갚아주겠다는 듯이.

그럼에도 김광석은 감내했다.

반론이 나온 건 그가 아닌 도수의 입이었다.

"그게 아닌 것 같은데요."

"뭐?"

민혁찬의 고개가 휙 돌아가자.

그의 두 눈을 직시한 도수가 덧붙였다.

"수술 성공했을 때 나올 말이 걱정되시는 것 아닙니까?"

"지금……."

이를 악물며 말을 멈춘 민혁찬이 김광석에게로 타깃을 돌렸다.

"지금 인턴이 과장들 이야기하는데 대놓고 나서서 역성을 드는 겁니까? 중증 외상센터 이렇게 개판이에요?"

"죄송합니다."

김광석이 사과했지만.

도수는 멈추지 않았다.

"전 수술 날 아침부터 득달같이 달려오셨기에 자신이 맡았던 환자의 쾌유를 바라는 마음으로 응원해 주러 오신 줄 알았습니다."

"너! 지금 날 비꼬는 거냐?"

"비꼬는 게 아니라 실망감을 표하는 겁니다."

드르륵!

민혁찬 교수가 의자를 밀며 벌떡 일어나는 순간.

도수가 한 발 다가가서 그를 내려다봤다.

"……!"

순간 움찔한 민혁찬 교수를 빤히 응시하며 도수가 다시 입을 열었다.

"수술이 성공하면 빛과 그림자가 생기겠죠. 수술을 강행한 사람들은 빛을 보게 될 테고, 수술을 포기했던 의사는 비난의 대상이 될 겁니다. 정확한 상황을 모르는 대중들은 과장님 판단이 틀렸다거나 무능력한 의사라고 손가락질을 할지도 모르죠."

민혁찬 교수는 당장에라도 터질 것처럼 붉게 물든 얼굴이었다. 하지만 방금 전처럼 흥분하지 않고 오히려 차분해진 어조로 물었다.

"그게 아니라는 건 인턴이라도 알 텐데?"

"알고 있습니다."

도수는 부정하지 않았다.

애초에 김광석조차 그를 믿고 강행하는 수술일 뿐.

어떤 의사라도 이런 상황에 수술을 결정하진 않을 테니까.

"하지만 문제는 그게 아닙니다. 과장님이 이 방에 앉아서 환자의 생환을 원하는 얼굴로 우려 섞인 응원을 한 게 아니라, 분노에 가득 찬 얼굴로 '실패할 수술'이라고 단정 지었다는 겁니다."

"……!"

민혁찬 교수는 입을 더듬었지만 아무 말도 외칠 수 없었다. 마음 같아선 눈앞에 건방진 놈을 말로 죽여 버리고 싶었지만, 뭐라 대꾸할 반론이 떠오르지 않는 것이다.

분노는 분노대로 치솟는 와중에도 이성은 알고 있었다. 도수가 틀린 구석이 없음을. 자신이 창피할 일이라는 자각이 들었다.

묵묵히 지켜보던 김광석 교수가 깍지를 낀 채 입을 연 건 그때였다.

"수술에 성공하면 저희 과에선 민혁찬 교수님의 판단이 틀린 게 아니라는 걸 해명할 생각입니다. 환자의 상태를 고려했을 때 가장 상식적이고 보편적인 선택이며 환자를 위한 선택이 될 수 있다고 말입니다. 다만 우리는 환자가 병원을 찾지 않는 동안 진행된 환자의 상태를 보고 모험적이더라도 공격적인 수술을 결정했다고 밝힐 것입니다."

"……."

"이도수 선생을 용서하십시오. 제가 잘 타이르겠습니다."

민혁찬은 도수를 한참 노려보더니 대답했다.

"나도 과장 직급 달고 다른 과 인턴이랑 실랑이할 생각 없습니다."

몸을 홱 돌린 그는 문을 열고 나가 버렸다.

뒤에 남은 김광석 교수가 도수를 보며 말했다.

"네 말은 틀리지 않았지만 행동은 잘못됐다. 적어도 병원 질서 안에서 보면 그래."

"그러니까 같은 실수들이 반복되는 겁니다."

도수는 구구절절 설명하지 않았다. 질서를 따져가며 윗사람 눈치 보느라 범해지는 실수들. 그가 병원에 머물면서 겪은 바른 하나하나 입에 담기엔 너무 많았던 것이다. 그리고 김광석도 익히 알고 있을 것이기에.

도수는 고개를 숙이며 나직이 덧붙였다.

"…저는 실수하지 않을 겁니다."

*　　　　*　　　　*

도수는 간암 환자와 가족들에게 찾아갔다. 그중에는 공여자인 아들도 포함돼 있었다.

이미 오늘 수술할 부자(父子) 모두 준비를 마친 상황.

도수가 들어서자 환자와 가족들이 인사를 했다.

"아이쿠, 선생님."

"안녕하세요, 선생님."

환자는 물론 가족들의 얼굴에도 지울 수 없는 긴장감이 자리 잡고 있었다.

그럴수록 도수는 감정을 드러내지 않았다.

"오늘 수술에 참여하게 된 이도수입니다."

인사한 그가 환자를 보며 물었다.

"기분 어떠세요?"

"좋습니다."

환자는 미소를 지었다.

긴장감과 두려움을 숨기진 못했지만.

차라리 그래서 더 편안해 보였다.

"결과도 좋을 겁니다. 아버님께서 힘을 내주신다면 제2의 인생이 기다리고 있을 겁니다."

"어휴, 제1의 인생도 지쳤는데 이상하지. 왜 그 지긋지긋한 인생을 더 살고 싶은지."

그러면서 아들을 바라본다.

아들은 미소를 지으면서도 나무랐다.

"무슨 말씀을 그렇게 하세요."

"난 아무 미련도 없다. 그저 너 장가가는 것만 보면 이제 아무 원도, 한도 없어."

"그럼 그때까진 건강하셔야죠. 제 결혼식 오셔서 축하해 주셔야 할 거 아니에요."

"여자나 좀 만나고 그래라. 허구한 날 일만 하지 말고. 에휴… 그런데 괜히 나 때문에 혼삿길 막히는 거 아닌지 모르겠다. 아들 가슴에 수술 자국 새기면서 살아야 하나… 싶기도 하고."

"또 그러신다."

두 사람을 가만히 보고 있던 도수가 불쑥 입을 열었다.

"이대로 아무것도 못 해보고 아버님을 보낸다면 아드님 가슴에는 평생 끔찍한 상처가 남을 겁니다."

자신이 그랬듯.

후회란 흉터는 영영 지워지지 않는다.

그게 무능력으로 인한 흉터라도 말이다.

이런 마당에 능력이 있는데도 아무것도 하지 않는다면?

그 흉터는 더 이상 흉터가 아닌, 평생 남아 자신을 고통스럽게 옥죄는 끔찍한 상처가 될 터였다.

그 말뜻을 알아들었는지 고개를 주억거린 아들이 말했다.

"맞아요. 그리고 혼삿길이 막히긴 왜 막혀요? 아무나 가지지 못한 영광의 상처인데. 말로만 하는 게 아니라 제 효심을 몸에 새기는 건데요. 제 아내 될 여자는 그 흉터를 보고 반했으면 반했지, 나쁘게 생각하지 않을 거예요. 절대."

"내가 아들 하나는 잘 됐지 않습니까, 선생님. 하하하하……!"

그 말에 도수가 모처럼 미소를 지었다.

"잘 두셨습니다."

이상하게.

가슴속이 진탕되고 안쪽으로부터 깊은 무언가가 치솟는 느낌이었다.

'지이알디(GERD: 위, 식도 역류질환)?'

직업병일까.

비슷한 증상을 떠올리며 싱거운 생각을 한 도수는 가볍게 목례를 했다.

"최선을 다하겠습니다."

그가 응급실로 돌아가자 간호사가 말을 붙였다.

"선생님, 김광석 센터장님 수술 앞두고 매체 인터뷰하고 계시다고, 먼저 준비하라고 하셨어요."

공개 수술이기에 인터뷰는 필연적이었다.

고개를 끄덕인 도수는 수술 준비를 했다. 실수가 없도록 각 과에 직접 찾아가 장기 적출과 장기이식, 동시 수술에 필요한 오더를 내고 '김광석' 이름으로 어레인지 되어 있는 수술방으로 갔다. 수술복으로 갈아입고, 손을 마사지하듯 꼼꼼히 소독하고, 마스크를 썼다.

"후."

긴장감이 잔잔한 파도처럼 밀려들어 온몸을 적셨다. 지난 2주. 오늘 이 순간을 위해 틈틈이 책을 읽고 영상을 시청하고 무수한 변수를 떠올렸다. 투시력을 마음껏 사용하기 위해 체력 관리도 소홀하지 않았다. 라크리마에서 쓰러졌을 때 아직은 불안정한 단계란 것을 깨달았고, 그래서 2주 동안은 특별한 상황을 제외하곤 인턴 업무에만 집중하며 컨디션을 조절했다.

"……."

항상 즉흥적인 상황이 터지고 준비할 새 없었던 라크리마에서도 숱한 죽음을 물리쳤던 그다. 자만은 금물이지만 자신감은 강력한 원동력이 된다. 환자가 의사를 믿듯 의사도 환자를 믿고 할 수 있는 모든 것들을 쏟아부어야 한다.

죽음의 그림자는 떨쳐내기 그리 호락호락하지 않으니.

지금부터 수술할 환자는 이미 죽음의 그림자가 뒤덮고 있다고 봐도 무방했지만, 그럴수록 도수는 어느 때보다 당찬 걸음으로 수술실 문 앞에 섰다.

그런 그때.

간호사가 수술실을 박차고 나오다 도수를 발견하곤 간신히 멈춰 섰다. 자칫 세게 부딪쳤을 법한 상황.

도수가 뭐라 묻기도 전에, 간호사가 외쳤다.

"서, 선생님! 김 교수님이 지금 급히 출동하셔야 한다고 하세요! 얼마나 걸리실지는 아직 모르겠다고……."

"……!"

'출동'이라고 했다.

아로대병원 권역에 응급 환자가 있어 직접 외부로 나가야 한다는 뜻이다.

2주 전에 잡힌 수술을 앞둔 상황에서 자리를 비워야 한다는 건 병원으로 이송하는 사이 환자가 사망할 가능성이 크다는 의미.

이 병원에 헬리콥터를 타고 구조하는 교육을 받은 것도 김광석뿐, 직접 출동하는 의사도 김광석뿐이다. 그가 나가지 않으면 한 생명이 사라진다는 것이다.

상황을 이해한 도수는 고개를 들었다.

간호사 어깨 너머로 환자가 누워 있는 수술방 내부가 보인다.

그 안을 지켜보고 있는 2층의 참관석도.

참관석을 가득 채운 병원 관계자들과 기자들도.

고개를 내려 간호사를 응시한 그가 말했다.

"갑시다."

즉시 몸을 돌리는 도수.

물론 수술을 미루는 선택도 있지만, 그리되면 환자의 불안감만 증폭될 터.

'할 수 있다면… 강행한다.'

적출부터 이식까지 혼자 감당해야만 하는 상황이 들이닥친 것이다.

제13장
전조(前兆)

　도수는 공여자가 있는 수술방으로 움직였다.

　두 개의 수술방. 그리고 두 번의 수술이 필요한 상황이다.

　그는 다시 수술복을 갈아입고 손을 소독했다.

　'교수님은 옳은 선택을 했다.'

　적어도 도수는 그렇게 믿었다. 아직 짐작일 뿐이지만 환자
상태는 바로 이송이 힘들 만큼 중태일 것이다. 환자가 의사를
찾아오는 게 아닌, 의사가 환자를 찾아가야만 하는 상황.

　이런 상황에서 굳이 수술을 앞둔 김광석이 출동했다면 헬
기로 이동했을 테고, 레펠을 타야만 하는 지형에 환자가 방치

돼 있었을 것이다.

　그간 중증 외상센터에서 지내며 알게 된 사실은 김광석만이 직접 레펠을 타고 인명을 구조할 수 있는 의사란 점이다.

　김광석이 가지 않으면 죽는 환자라면 가는 게 맞다.

　이곳 수술은… 도수를 믿는 거다.

　서로 말하지 않아도 직감적으로 전해졌다.

　'난 환자를 살린다.'

　눈을 반짝인 도수는 수술방 안으로 들어갔다. 그가 손을 내밀자 간호사가 장갑을 끼워주었다.

　"선생님."

　그녀가 위쪽을 눈짓했다.

　도수가 소독을 하고 들어오는 사이 어느새 수여자의 수술방에서 공여자의 수술방으로 모두 옮겨와 있었다.

　"관객이 많네요."

　"…화이팅하세요."

　간호사가 새된 목소리로 속삭였다. 표정도 긴장한 기색이 역력했다.

　"……."

　한차례 의료진들을 일별한 도수는 환자 곁에 가서 섰다.

　그러자 마취과 김종학 과장이 바이탈 체크를 해주었다.

　"세상모르고 잠들었어. 시작하지."

고개를 끄덕인 도수. 그가 한마디 뱉었다.

"칼."

턱.

메스의 차가운 감촉이 수술 장갑을 사이에 두고 전해졌다.

"지금부터 간 좌엽을 적출합니다."

도수는 명치 부위로 메스를 가져갔다. 아래 가슴 중앙에서 시작되어 양 갈래로 삼각을 이루는 개복 방식. '밴츠'의 엠블럼과 절개 부위가 흡사해 메르세데스 절개라고도 불리는 절개법이 실행됐다.

그 모습을 바라보던 김종학은 속으로 감탄을 삼켰다.

'진짜 눈 하나 깜짝 안 하네.'

이미 여러 번 수술에 성공했다는 말은 들었다. 동영상도 봤다. 그러나 직접 보는 것만 못했다. 수술실 안의 냄새. 온도. 약간 건조한 습도를 피부로 느끼며 도수의 표정, 눈빛, 손짓 하나하나를 바라본 느낌은 또 달랐다.

'우리 둘째만 한데……'

열아홉이라고 했다. 이런 어린애가 수술을 하다니.

메스 잡기도 두려워하는 인턴들은 덜덜 떨고 레지던트들도 잔뜩 긴장하는 개복수술을 아무렇지도 않게 하다니.

간이 가장 잘 보이는 메르세데스 절개법으로 복부를 가르고 들어간 도수는 투시력을 썼다.

샤아아아아아아아.

이제부터가 시작이었다.

'적출에 이식까지. 해야 할 수술이 두 개로 늘었다.'

둘 다 투시력이 도움이 되는 수술들이다.

따라서 도수는 딱 필요한 곳에만 쓸 요량으로 복강 안에 간을 고정하고 있는 좌엽 쪽 인대들을 확인하고 그림처럼 기억했다.

그리고 메스 날을 가져갔다.

서걱, 석······.

인대가 잘려 나갔다.

좌엽 인대를 모두 자른 도수는 메스를 돌려주며 툭 뱉었다.

"쿠사(CUSA: 초음파 분쇄 흡입기의 상품명)."

"쿠사."

간호사가 쿠사를 넘겼다. 도수는 연부조직 장기를 출혈 없이 자를 수 있는 쿠사를 사용해 간의 살집만 잘라냈다.

샤아아아아.

투시력이 함께 발현되며 간 아래 있는 혈관과 담도가 눈에 훤히 들어왔다. 이를 피해 간을 절개하는 도수. 혈관을 만나면 잠깐 멈춰서 실로 묶은 뒤 진행한다.

그렇게 간을 살짝 드러내자, 안에 연결된 혈관들이 눈에 들어왔다. 간동맥, 간문맥, 간정맥은 따로 있기 때문에 혼동하면 안 된다.

샤아아아아아.

투시력이 한층 강해졌다.

그러자 혈관으로부터 우엽과 좌엽 양쪽을 퍼진 분지들이
보였다.

'먼저 왼쪽 간관부터.'

도수는 좌엽과 연결된 간관의 분지를 묶어서 출혈을 막고,
잘랐다.

투둑.

정교한 솜씨.

하나 묶고 자를 때마다 아무리 빨리도 삼 분. 총 삼십 분은
걸릴 텐데 도수는 투시를 통해 시야 확보를 하고 모든 혈관의
위치를 파악하면서 손을 놀리니 시간이 더 단축됐다.

물론 그건 도수나 아무렇지도 않은 거지, 지켜보고 있는 이
들에게는 경악할 만한 솜씨였다.

아는 만큼 보인다고 특히 김종학 과장은 자기도 모르게 중
얼거렸다.

"…미치겠네."

어디서 이런 괴물이, 라는 뒷말은 아꼈다.

'이런 애를 왜 인턴으로 받아?'

오히려 그게 더 어이없을 지경이었다.

하긴, 인턴과 레지던트를 거치지 않고 전문의가 된 케이스는 없으니 의무적으로 거쳐야 하는 건가 싶다가도.

수술에 임하는 태도나 손기술을 보면 또 한평생 칼을 잡은 써전만큼 침착하고 능숙해 생각이 뒤집혔다.

그사이 도수는 간동맥, 간문맥 순으로 잘랐다.

아래쪽을 다 잘랐으니 이제 남은 건 간정맥.

도수는 마지막으로 간정맥을 절제한 후, 절개한 간 좌엽을 환자 몸속에서 꺼냈다. 그러고는 막 떼어낸 건강한 간을 아이스 팩에 담아서 부패를 막았다.

"휴우……!"

여기저기서 안도의 숨소리가 터져 나왔다.

도수는 아이스팩을 간호사에게 넘기고 곤히 잠든 환자를 보며 입을 열었다.

"배 닫겠습니다. 타이."

봉합이 시작됐다.

다시 한번 귀신같은 솜씨로 뱃가죽을 꿰매는 도수.

슥, 스윽.

김종학은 고개를 절레절레 저었다.

"어떻게 이렇게 빨리 끝내지? 김 교수가 왔어도 이 정도는 아니었을 텐데."

그러더니 다 꿰맨 부분을 보고 덧붙였다.

"환자가 좋아하겠네. 예쁘게 꿰매줘서."

마취과 과장이 원래 이리 말이 많았던가?

도수는 대답 없이 마무리를 했다.

"컷."

툭.

봉합사 실밥이 잘려 나가고.

1차 간 적출을 깔끔하게 끝낸 도수가 고개를 돌렸다.

"수술방 옮기겠습니다."

'수고하셨습니다'는 말 따윈 하지 않았다. 끝이 아닌, 이제 시작이니까. 지금에서야 모든 준비를 마친 것뿐이다.

도수는 장갑을 벗으며 말했다.

"지금부터 긴장하세요. 마음 놓는 순간 환자의 목숨도 내려놓는 거니까."

그 한마디가 수술방 안 의료진들 모두에게 직접적으로 다가왔다. 마음 놓는 순간. 환자 목숨도 내려놓는 것이다.

"명언 제조기네."

다음 수술실로 넘어갈 준비를 하는 와중에도 입을 쉬지 않는 김종학 과장이었다.

*   *   *

위층에서 육안과 모니터를 번갈아 보며 수술을 참관하던 의료진들은 충격받은 얼굴이었다.

특히 민혁찬 과장은 석상처럼 표정이 굳었다.

'이 새끼… 뭐야?'

그는 처음 김광석 교수가 출동 나갔다는 얘길 듣고 도수가 이 수술을 미룰 줄 알았다. 공개 수술을 참관하러 온 이들은 붕 뜨고 환자와 보호자들의 항의가 빗발칠 것이며 눈에 가시 같은 김광석과 도수는 쫓겨날 줄 알았다. 그런데 도수는 수술을 강행했다.

문제는 공개 수술을 참관하는 누구도 그 행동을 말리지 않았다는 점이다. '어디 한번 해볼 테면 해봐라'는 식으로 두고 보았다.

그 결과, 말도 안 되는 일이 벌어져 버렸다. 김광석 교수의 연구실에서 마주쳤을 때 최악의 첫인상을 남겼던 도수는 보고도 믿기지 않는 깔끔한 솜씨로 장기 적출을 끝낸 것이다.

너무 놀란 나머지 표정까지 사라진 민혁찬 과장.

그를 흘깃 쳐다본 소아과 이유리 과장이 말했다.

"남의 수술 따윈 안중에도 없으신 분이 라크리마 영상을 보셨을 리도 없고… 많이 놀라셨겠어요?"

민혁찬의 드높은 자존심을 탐탁찮게 여기는 그녀가 본심을 드러내자, 민혁찬이 미간을 찌푸리며 말했다.

"주치의였던 의사로서 환자가 잘못될까 봐 걱정될 뿐입니다."

"하! 그래서 그렇게 수술을 막으셨구나."

"……."

민혁찬은 기분 나쁜지 몸을 휙 돌렸다. 팔짱을 끼고 쌍심지를 켜는 이유리의 어깨를 토닥인 병원장이 물었다.

"이 교수. 이도수 선생, 어떻게 생각합니까?"

"엄청나죠. 수술 실력도 톱클래스인데 웬만한 수술은 다 되는 만능에. 산부인과 수술까지 하던데요?"

"그리고?"

"유명하지, 훤칠하지, 잘생겼지. 영화배우 할 필요도 없어요. 인생이 영화라. 천하대병원이 무슨 수를 써서라도 잡으려고 하는 데에는 이유가 있지 않겠어요?"

"그래, 그러니까. 그러니까 의심이 되는 겁니다. 그런 엄청난 인재가 왜 우리 병원에 들어왔을까요?"

"그건 본인한테 직접 물어보시는 게……."

"속이 후련한 대답이 안 나와요."

수술방을 내려다보며 우두커니 서 있던 병원장이 그녀에게 말했다.

"우리도 갑시다. 좋은 구경 놓치기 전에."

그들이 그곳을 나가 옆 참관실로 옮겼을 땐, 이미 도수가 수술방에 들어온 후였다.

현재 모든 사건의 중심에 있는 환자가 수술대에 누워 있었다.

"환자는 꿈에도 모를 텐데요. 이 수술에 자기 목숨만 달린 게 아니라는 걸."

병원장이 혼잣말처럼 중얼거리자.

이유리가 막 생각난 듯 교수진 뒤에서 지켜보고 있는 소아과 레지던트 겸 의국장 권유나에게 말했다.

"유나, 우리 쪽 애들 응급실 내려보내고 응급의학과 애들 좀 불러와."

"네?"

"우린 저런 환자 거의 안 다루잖아. 적출은 봤으니까 본 게 임은 실전에서 뛰는 애들이 보는 게 낫지."

"예, 교수님."

고개를 꾸벅 숙인 권유나가 움직였다.

지시를 내린 이유리는 고개를 돌렸다.

도수가 환자의 배를 열고 있었다. 언제 봐도 대담하고 신속한 칼질이었다. 데자뷔처럼 모든 게 똑같아도 방금 전 상황과 가장 크게 다른 점은, 환자의 상태가 불안정하다는 것이다.

그리고 또 하나. 이식은 적출과 비할 바 없이 어렵다는 점이다.

'정말 4기 간암 환자를 살릴 수 있을까?'

이유리는 팔짱을 끼고 손톱을 물어뜯었다. 이 치열한 사투의 결말에 어떤 결과가 기다리고 있을지 궁금해 미칠 지경이었다.

수술대에 누워 있는 간암 환자의 경우 이식 과정에 몇 가지 넘기 힘든 고비가 존재할 것이다.

간을 통째로 떼어내고 절제해 온 간을 이식한 뒤 간정맥, 간문맥, 간동맥을 적출할 때와 반대 순서로 문합해 주어야 한다. 그다음 이식된 장기에 혈류를 보내는 재관류 과정을 거친다. 이렇게 문합을 끝내고 장기에도 혈액이 돌면 배를 덮고 수술을 마무리하는데, 문제는 여기서 끝이 아니라는 것이다.

이식이 성공했는지 실패했는지는 수술 후 경과를 지켜보기 전까진 알 수 없다. 여기부터는 수술 과정의 디테일과 환자의 의지가 성패를 가른다.

"인턴 이도수 선생이 이 수술을 집도해서 성공한다면……."

이유리가 입을 열자 병원장이 고개를 돌렸다.

반면 병원장을 쳐다도 안 본 그녀는 수술 장면에서 눈을 떼지 못하고 말을 이었다.

"내로라하는 병원들 모두가 이도수 선생을 스카우트하기 위해 혈안이 되겠네요. 병원이고 환자들이고 소맷자락을 붙잡고 매달리겠죠. 어시스트든 집도의든 김 교수님이라도 계셨으면 그래도 공이 분산됐을 텐데 이건 완전 스포트라이트잖아요? 이도수 선생을 중심으로 모든 게 맞춰진 듯한 상황이라니."

병원장이 그 말을 받았다.

"…수술 끝나면 뭔가 요구하겠다더니……. 그런 뜻이었나."

"……?"

"이 선생, 돈과 지위 말고, 이도수 선생이 병원 안팎에서 원하는 게 있다면 그게 뭐일 것 같아요?"

이유리는 병원장이 도수에게 눈독을 들이는구나, 대수롭지 않게 생각하며 대답해 주었다.

"뭐… 오래 외국에 있었으니 한국에 있을지 모르는 가족들을 찾는 거라든지, 아니면 여러 케이스의 환자들을 접하고 수술한다든지. 그것도 아니면 연구나 논문을 발표해서 명예를 얻는 것 아닐까요?"

가족. 논문. 환자. 이 세 가지를 종합하면 결론은 하나.

병원장은 이제 막 본격적인 간이식 수술에 돌입한 도수를 내려다보며 눈살을 찌푸렸다.

"이 자식 봐라?"

『레저렉션』 3권에 계속…

초대형 24시 만화방

신간 100%, 샤워실, 흡연실, 수면실(침대석), 커플석, 세탁기 완비

▪ 광명 광명사거리역점 ▪

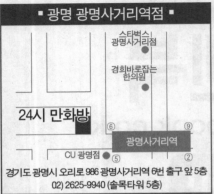

경기도 광명시 오리로 986 광명사거리역 6번 출구 앞 5층
02) 2625-9940 (솔목타워 5층)

▪ 강북 노원역점 ▪

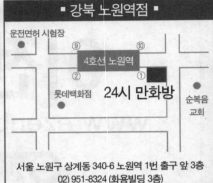

서울 노원구 상계동 340-6 노원역 1번 출구 앞 3층
02) 951-8324 (화용빌딩 3층)

▪ 일산 정발산역점 ▪

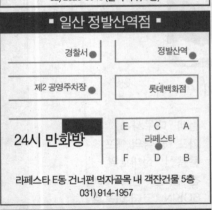

라페스타 E동 건너편 먹자골목 내 객잔건물 5층
031) 914-1957

▪ 일산 화정역점 ▪

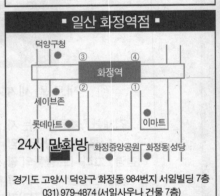

경기도 고양시 덕양구 화정동 984번지 서일빌딩 7층
031) 979-4874 (서일사우나 건물 7층)

▪ 부천 역곡역점 ▪

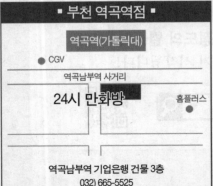

역곡남부역 기업은행 건물 3층
032) 665-5525

▪ 부평역점 ▪

(구) 진선미 예식장 뒤 한신포차 건물 10층
032) 522-2871